Sempé-Goscinny

Le Petit Nicolas s'amuse

Histoires inédites VI

IMAV éditions

Jean-Jacques Sempé est né à Bordeaux le 17 août 1932. Élève très indiscipliné, il est renvoyé de son collège et commence à travailler à dix-sept ans. Après avoir été l'assistant malchanceux d'un courtier en vins et s'être engagé dans l'armée, il se lance à dix-neuf ans dans le dessin humoristique. Ses débuts sont difficiles, mais Sempé travaille comme un forcené. Il collabore à de nombreux magazines : *Paris Match, L'Express*…

En 1959, il « met au monde » la série des *Petit Nicolas* avec son ami René Goscinny. Sempé vit à Paris (rêvant de campagne) et à la campagne (rêvant de Paris). Il a, depuis, publié une quarantaine d'albums parus chez Denoël. En 2009, paraît *Sempé à New York*, recueil d'une centaine de couvertures du *New Yorker* dont Sempé est collaborateur depuis 1978.

Dans la collection Folio Junior, il est l'auteur de *Marcellin Caillou* (1997) et de *Raoul Taburin* (1998) ; il a également illustré *Catherine Certitude* de Patrick Modiano (1998) et *L'histoire de Monsieur Sommer* de Patrick Süskind (1998).

René Goscinny est né à Paris en 1926 mais il passe son enfance en Argentine. « J'étais en classe un véritable guignol. Comme j'étais aussi plutôt bon élève, on ne me renvoyait pas. » Après une brillante scolarité au collège français de Buenos Aires, c'est à New York qu'il commence sa carrière au côté d'Harvey Kurtzman, fondateur de *Mad*. De retour en France dans les années cinquante, il collectionne les succès. Avec Sempé, il imagine le Petit Nicolas, inventant pour lui un langage et un univers qui feront la notoriété du désormais célèbre écolier. Puis Goscinny crée Astérix avec Uderzo. Le triomphe du petit Gaulois sera phénoménal. Auteur prolifique, il est également l'auteur de Lucky Luke avec Morris, d'Iznogoud avec Tabary, des *Dingo-dossiers* avec Gotlib… À la tête du légendaire magazine *Pilote*, il révolutionne la bande dessinée. Humoriste de génie, c'est avec le *Petit Nicolas* que Goscinny donne toute la mesure de son talent d'écrivain. C'est peut-être pour cela qu'il dira : « J'ai une tendresse toute particulière pour ce personnage. » René Goscinny est mort le 5 novembre 1977, à cinquante et un ans. Il est aujourd'hui l'un des écrivains les plus lus au monde.

La mutinerie

Hier après-midi, Geoffroy a apporté un gros ballon à l'école et pendant la récré, le Bouillon (notre surveillant) lui a dit : « Ne jouez pas avec ce ballon ; vous allez finir par casser quelque chose ou faire mal à quelqu'un. »

Alors, Geoffroy a pris son ballon sous le bras, il est allé plus loin et, pendant que le Bouillon était occupé à parler avec un grand, il a donné un shoot terrible dans le ballon, mais il n'a pas eu de chance, parce que le ballon a rebondi contre le mur, il est allé taper sur le bras du Bouillon, et Geoffroy s'est mis à pleurer. Le Bouillon est devenu tout rouge, il a ramassé le ballon, il a pris Geoffroy par le bras et ils sont partis tous les trois chez le directeur. Et puis, Geoffroy n'est pas revenu en classe, parce que le Bouillon a fait suspendre Geoffroy pour deux jours.

En sortant de l'école, on était tous très embêtés, parce que Geoffroy, c'est un copain, et ça fait des histoires terribles quand vous êtes suspendu, et puis parce que le Bouillon avait confisqué le ballon, qui aurait été chouette pour jouer au foot dans le terrain vague.

— Il n'avait pas le droit de faire ça, le Bouillon, a dit Eudes.

— Ouais, j'ai dit.

— Il n'avait peut-être pas le droit, mais il l'a fait, a dit Rufus.

— Ah oui ? a dit Eudes. Eh bien, on va lui montrer qu'il n'a pas le droit ! Vous savez ce qu'on va faire, les gars ? Demain, on viendra tous de bonne heure à l'école, et quand le Bouillon sonnera la cloche pour monter en classe, nous, on n'ira pas. Et puis, on lui dira, au Bouillon : « Si vous voulez qu'on monte en classe, enlevez la suspension de Geoffroy, et rendez-lui le ballon, sans blague ! » Et toc !

Ça, c'était une idée formidable, et on a tous crié : « Hip, hip, hourra ! »

— Ouais, a dit Maixent, ils vont voir qu'avec la bande des Vengeurs, on ne rigole pas !

La bande des Vengeurs, c'est nous, et c'est vrai qu'avec nous il ne faut pas rigoler.

— Si vous voulez qu'on monte en classe, enlevez la suspension de Geoffroy et rendez-lui le ballon, sans blague, on lui dira au Bouillon, a dit Eudes.

— Et toc ! a dit Clotaire.

— Alors, on est tous d'accord ? a demandé Joachim.

— Ouais ! on a tous crié.

— Allez, à demain, les gars ! a dit Eudes.

Et il est parti avec Joachim qui habite près de chez lui, et il lui expliquait ce qu'on lui dirait, demain, au Bouillon. Moi, j'étais drôlement fier d'appartenir à une chouette bande de copains, avec lesquels il ne faut pas rigoler. Alceste, qui marchait à côté de moi en mangeant un croissant, a fait un gros soupir et, avant de rentrer chez lui, il m'a dit :

— Ça va faire une drôle d'histoire, demain.

Pour ça, il avait raison, Alceste ; ça ferait une drôle d'histoire, et le Bouillon verrait une fois pour toutes qui est le plus fort, lui ou nous.

Je n'ai pas très bien dormi, cette nuit ; c'est toujours comme ça quand on doit faire une chose terrible le lendemain matin ; et quand maman est venue pour me dire que c'était l'heure de me lever, j'étais déjà réveillé, et drôlement énervé.

— Allons, allons, debout, paresseux ! m'a dit maman.

Et puis, elle m'a regardé et elle m'a demandé :

— Tu en fais une tête, Nicolas ? Ça ne va pas ?

— Je ne me sens pas très bien, j'ai dit.

Et c'est vrai que je ne me sentais pas très bien ; j'avais une grosse boule dans la gorge, un peu mal au ventre et très froid aux mains. Maman m'a mis sa main sur le front et elle a dit :

— Tu es un peu moite, en effet…

Papa, qui revenait de la salle de bains, est entré dans ma chambre et il a demandé :

— Qu'est-ce qui se passe ? Nous avons les symptômes du matin avant d'aller à l'école ?

— Il n'a vraiment pas l'air bien, a dit maman. Je me demande si… Tu sais, son petit camarade Agnan a les oreillons, et…

— Mais il les a déjà eus, les oreillons, a dit papa. Tire un peu la langue, toi, phénomène.

J'ai tiré la langue, papa m'a passé la main sur les cheveux et il a dit :

— Je crois qu'il s'en tirera… En piste, bonhomme, tu vas être en retard. Et ne fais pas cette tête-là ; si à midi ça ne va pas mieux, tu ne retourneras pas à l'école cet après-midi. D'accord ?

Alors, je me suis levé ; papa, avant de sortir de ma chambre, s'est retourné et il m'a demandé :

— Tu n'as pas d'ennuis à l'école, par hasard ?

— Ben, non, j'ai dit.

Quand je suis arrivé à l'école, les copains étaient déjà là dans la cour, et personne ne parlait beaucoup. Clotaire avait l'air malade et Alceste ne mangeait pas.

— Vous avez vu le Bouillon, les gars ? a dit Eudes. Il rigolera moins tout à l'heure, tiens !

— Oui, a dit Rufus.

— Parce que, a dit Eudes, comme ce traître d'Agnan n'est pas là, il n'y aura personne pour monter en classe,

et pour faire la classe, ils ont besoin de nous. La maîtresse, quand elle ne nous verra pas, elle ira demander au Bouillon ce qui se passe et quand elle saura, elle ira se plaindre au directeur contre le Bouillon. On va bien rigoler, vous allez voir !

— Mais comment on va faire ? a demandé Clotaire.

— Quand le Bouillon sonnera la cloche, nous a expliqué Eudes, les autres types vont aller se mettre en rang, mais nous, on va rester ici, sans bouger. Alors, le Bouillon va venir nous demander pourquoi on ne se met pas en rang et on lui dira : « Enlevez la suspension de Geoffroy et rendez-lui son ballon, sinon, on ne va pas en classe ! »

— Qui lui dira ? a demandé Clotaire.

— Ben, je ne sais pas, moi, a dit Eudes. Toi, toi ou toi.

— Moi ? a dit Rufus. Pourquoi moi ? C'est ton idée, après tout.

— J'ai compris, a dit Eudes, tu es un traître ? J'en étais sûr.

— Moi, un traître ? a crié Rufus. Non, Monsieur, je ne suis pas un traître ! Mais je n'aime pas qu'on me prenne pour un idiot ! C'est facile de dire aux autres de faire les guignols !

— Oui, ont dit Clotaire et Maixent.

— Et puis d'abord, j'ai pas à t'obéir ! a crié Rufus. T'es pas le chef de la bande !

— Puisque c'est comme ça, tu ne fais plus partie de la bande ! a dit Eudes.

— Eh bien, tant mieux ! Non, mais sans blague ! a crié Rufus. Moi, je suis pas un lâche qui obéit parce que tu cries plus fort que les autres.

Et Rufus est parti en courant.

— Qu'il s'en aille, a dit Eudes. On n'a pas besoin de traîtres dans la bande.

— Ouais, a dit Maixent. Mais, il a raison, quand il dit que t'es pas le chef, après tout.

— Ah oui ? Eh bien, tu n'as qu'à aller le rejoindre, ce traître, a crié Eudes.

— Parfaitement ! a crié Maixent. Moi, je n'aime pas qu'on me commande !

Et il est parti avec Clotaire et Joachim.

— S'il n'y a plus que nous trois, a dit Alceste, c'est plus la peine, ils pourront faire la classe sans nous, on va être suspendus.

— T'es aussi traître que les autres, quoi, a dit Eudes.

— Et puis, après tout, Geoffroy n'avait qu'à pas faire l'imbécile ! a crié Alceste. Le Bouillon lui avait dit de ne pas jouer avec son ballon, il n'avait qu'à pas faire le guignol !

— T'es du côté du Bouillon maintenant ? lui a demandé Eudes.

— Je ne suis du côté de personne, a répondu Alceste, mais je n'ai pas envie d'être suspendu parce qu'un imbécile a fait le guignol, non mais sans blague ! Après, chez moi, ça fait des histoires et on me prive de dessert. Alors, parce qu'un imbécile a jeté son ballon sur le Bouillon, moi je ne vais pas manger des fraises à la crème ? Mon œil !

Et Alceste est parti en mordant dans un gros sandwich au fromage.

— Eh bien, vas-y, vas-y ! m'a crié Eudes. Qu'est-ce que tu attends ? Toi aussi, t'es un traître ?

— Un traître, moi ? j'ai crié. Pas plus traître que toi, non mais sans blague ! Répète !

On n'a pas pu se battre, parce que la cloche a sonné, mais en allant se mettre en rang pour monter en classe, j'ai dit à Eudes :

— À la prochaine récré, je te prends, et on verra qui est un traître !

Le dentiste

Nous finissions de déjeuner quand maman a dit à papa : « J'ai pris rendez-vous cet après-midi pour Nicolas chez le dé-eu-ène-té-i-esse-té-eu. »

Papa a arrêté de plier sa serviette, a regardé maman avec des grands yeux tout ronds et il a demandé : « Chez qui ? »

— Chez le dentiste, je lui ai expliqué ; je ne veux pas y aller !

Maman m'a dit qu'il fallait aller chez le dentiste, que j'avais mal aux dents depuis plusieurs jours et qu'après le dentiste je n'aurais plus mal du tout. Moi, j'ai expliqué à maman que ce n'était pas après le dentiste, ce qui m'inquiétait, c'était pendant. Et puis j'ai dit que je n'avais plus mal aux dents du tout et je me suis mis à pleurer.

Papa, alors, a frappé sur la table avec sa main et il a crié : « Nicolas, tu devrais avoir honte ! Je n'aime pas ces pleurnicheries ; tu n'es plus un bébé, il faut te conduire en homme. Le dentiste ne te fera pas mal ; il est très gentil et il te donnera des bonbons. Alors tu vas être très courageux et tu vas aller sagement avec ta maman chez le dentiste. »

Maman, alors, a dit que c'était papa qui allait m'emmener chez le dentiste, parce qu'elle avait pris rendez-vous pour lui aussi. Papa, il a eu l'air très surpris. Il a commencé à dire qu'il devait aller travailler, mais maman lui a rappelé qu'il avait congé cet après-midi et que c'est pour ça que le rendez-vous chez le dentiste était pour aujourd'hui. Papa, il a dit d'une petite voix fine que sa dent ne le faisait pour ainsi dire plus souffrir, et qu'on pouvait remettre tout ça à plus tard. Il a regardé maman, il m'a regardé, moi, et j'ai eu l'impression qu'il avait envie de se mettre à pleurer, lui aussi.

Nous sommes donc sortis après le déjeuner, papa et moi, pour aller chez le dentiste. On ne peut pas dire que nous rigolions beaucoup dans la voiture. Papa, je ne l'ai jamais vu conduire si doucement ; il avait l'air de réfléchir très fort. Et puis, sans me regarder, il m'a dit : « Nicolas, d'homme à homme. Qu'est-ce que tu penserais si nous faisions le dentiste buissonnier ? On pourrait aller faire un tour et on ne dirait rien à maman. Ça serait une bonne blague. » J'ai répondu à papa que ce serait sûrement une bonne blague et que moi j'étais pour, mais que je ne croyais pas que maman ça l'amuserait beaucoup, cette blague-là. Papa, il a soupiré et, très triste, il m'a dit qu'il avait parlé de ça pour rire. J'admire mon papa, parce qu'il a le courage de dire des blagues quand il est embêté.

Il y avait juste une place pour l'auto devant chez le dentiste. « C'est incroyable, a dit papa ; quand on a envie de se garer, on ne trouve jamais. » J'ai proposé à papa que nous faisions encore un tour de pâté de maisons, peut-être que la place serait prise ; mais papa a dit que le sort en était jeté, qu'il n'y avait qu'à y aller. Papa a sonné à la porte du dentiste et j'ai dit : « Il n'y a personne, papa, on reviendra un autre jour. » On allait partir quand la porte s'est ouverte, et une demoiselle qui avait l'air très gentille nous a dit d'entrer, que le docteur nous recevrait tout de suite.

On nous a fait entrer dans un petit salon. Il y avait des fauteuils, une petite table avec des revues, sur la cheminée une jolie petite statue en métal qui représentait un monsieur tout nu qui essayait d'arrêter des chevaux et, dans un fauteuil, un autre monsieur, mais pas en métal celui-là, et tout habillé. Nous nous sommes assis et nous avons pris les revues pour les lire, mais ce n'était pas très amusant, parce que dans presque tous ces journaux, il était question de dents, avec des images d'appareils et de ces photos où on voit les gens par l'intérieur ; et ce n'était pas très joli. Les autres revues étaient assez vieilles et déchirées.

La seule chose qui m'a plu, c'était celle où on voyait Robic en maillot jaune sur la couverture et où on expliquait comment il venait de gagner le Tour de France. Le monsieur, qui n'avait rien dit jusqu'à présent, quand il a vu que nous ne lisions plus les journaux, s'est mis à parler avec papa.

« C'est pour le petit que vous venez ? », il a demandé. Papa lui a répondu que c'était pour nous deux. Le monsieur a dit qu'il ne fallait pas être inquiet, que c'était un très bon dentiste. « Bah ! a dit papa, nous n'avons pas peur, n'est-ce pas Nicolas ? », et moi, comme j'étais très fier de papa, j'ai fait comme lui : « Bah ! » Alors, le monsieur a dit que nous avions bien raison, que ce dentiste avait une main légère, légère, et il nous a expliqué qu'il lui avait fait une opération où il avait dû ouvrir les gencives et qu'il n'avait presque rien senti, et il nous a donné un tas de détails. Moi, je me suis mis à pleurer et la demoiselle qui nous avait ouvert la porte est venue en courant et elle nous a amené deux verres d'eau, parce que papa n'avait pas trop bonne mine, lui non plus.

Le dentiste, alors, a ouvert la porte et il a dit : « Au suivant ! » Le monsieur qui nous avait raconté ses opérations est entré chez le dentiste en souriant : « Tu vois, m'a dit papa, il n'a pas peur le monsieur, il faut être comme lui. » Papa allait prendre une revue, pour lire, quand le dentiste a ouvert de nouveau sa porte et le monsieur est sorti, toujours en souriant. « Comment ! a crié papa, c'est déjà fini ? »

— Mais oui, a dit le monsieur, moi je n'étais venu

que pour payer. C'est à vous maintenant, mon pauvre vieux.

Et il est parti en rigolant.

— Au suivant, a dit le dentiste, dépêchez-vous, je vous en prie, j'ai une journée très chargée.

— Nous reviendrons un autre jour, a dit papa, quand vous aurez plus de temps ; nous ne voulons pas vous déranger, n'est-ce pas Nicolas ?

Moi, j'étais déjà devant la porte de sortie quand le dentiste a dit que pas de bêtises, c'était à nous et qu'il n'y avait aucune raison de s'inquiéter. Papa a dit qu'il n'était pas inquiet du tout, qu'il avait fait la guerre, et il m'a poussé devant lui chez le dentiste.

C'était plein d'appareils blancs qui brillaient dans la pièce et il y avait un grand fauteuil de coiffeur chez lui. « Par qui commence-t-on ? » a demandé le dentiste en se lavant les mains. « Commencez par le petit, a dit papa, moi j'ai le temps. » Je voulais dire que j'avais moi aussi tout mon temps, mais le dentiste m'a pris par le bras et m'a fait asseoir dans le fauteuil.

Il était drôlement gentil, le docteur, il m'a dit qu'il ne me ferait pas mal, qu'il me mettrait juste un peu de pâte pour boucher un trou dans une dent, que je mangeais sûrement trop de sucreries, mais qu'il me donnerait un caramel si j'étais bien sage pendant qu'il me soignait. Il m'a dit d'ouvrir la bouche, il a regardé dedans, il a gratté un peu et puis il a approché un appareil avec une petite roue qui tournait très vite. Papa a poussé un cri quand le dentiste a mis la roulette dans ma bouche. Ça a secoué un peu dans ma tête, après, le dentiste a mis de la pâte dans ma dent, il m'a fait rincer la bouche, il m'a dit : « C'est fini ! » et il m'a donné un caramel. J'étais drôlement content.

Le dentiste a dit à papa que c'était son tour, maintenant. Mais papa a dit qu'il se faisait très tard et qu'il avait encore des tas de courses à faire. Le dentiste s'est mis à rire et il lui a dit qu'il fallait être sérieux. Là, je n'ai pas compris, parce que je n'ai jamais vu mon papa aussi sérieux que ce jour-là.

Papa a hésité, puis il est allé lentement vers le fauteuil du coiffeur. « Ouvrez la bouche ! » a dit le docteur. Papa devait penser à autre chose parce que le dentiste a dû répéter : « Ouvrez la bouche, ou je passe à travers ! » Papa a obéi. Moi, j'ai regardé les photos de dents qu'il y avait sur les murs chez le dentiste, quand j'ai entendu un grand cri. Je me suis retourné et j'ai vu le dentiste qui secouait sa main. « Si vous me mordez encore une fois, je vous arrache une dent, n'importe laquelle ! » Papa a dit que c'était nerveux. Le dentiste a pris la roulette et j'ai prévenu papa de faire attention, parce que ça, ça secouait un peu ; alors papa a crié et le dentiste lui a demandé de se tenir tranquille parce que ça faisait mauvais effet sur la clientèle qui se trouvait dans le salon d'attente. Enfin, avec papa, ça n'a pas duré trop longtemps et ça s'est très bien passé, sauf quand papa a donné un coup de pied sur le genou du dentiste. Papa est sorti du fauteuil tout souriant.

— Alors, Nicolas, il m'a dit, nous nous sommes conduits en hommes, hein ?

— Oh ! Oui, papa, je lui ai répondu.

Et nous sommes sortis de chez le dentiste, papa et moi, fiers comme tout, en suçant chacun notre caramel.

Hoplà !

Geoffroy est arrivé aujourd'hui à l'école avec une grosse boîte sous le bras. Geoffroy a un papa très riche qui lui achète tout le temps des choses terribles.

À la récré, Geoffroy nous a montré ce qu'il y avait dans sa boîte : c'était un jeu, avec un grand carton qu'on déplie et sur lequel il y a des cases dessinées avec des numéros ; et puis il y a des dés, et puis il y a des petits animaux, et puis il y a des billets où il y a écrit 100 francs, 1 000 francs et 1 million de francs. Très chouette !

Geoffroy nous a expliqué qu'il avait bien appris la règle du jeu, que c'était assez difficile, mais qu'il avait tout compris : on jouait avec les dés, on faisait avancer les petits animaux sur les cases, et puis on avait le droit d'acheter des cases avec les billets, et quand quelqu'un passait après sur les cases, celui qui avait acheté les cases criait : « Hoplà ! », et l'autre devait le payer pour passer.

Celui qui avait toutes les cases était le grand Hoplà, et c'était lui qui gagnait. Le papa de Geoffroy avait dit à Geoffroy que c'était un jeu drôlement instructif, qui allait développer chez lui le sens du commerce, et que ça valait mieux de jouer à ça qu'à nos jeux de sauvages qui ne servaient qu'à attraper des tas de bosses. Le jeu s'appelait « Hoplà ».

— On va y jouer maintenant, a dit Geoffroy.

— Pendant la récré ? a demandé Rufus.

— Et pourquoi pas ? a dit Geoffroy.

— Ben, c'est pas un jeu pour une récré, a dit Rufus. Un jeu pour une récré, c'est le foot, ou la balle au chasseur, ou le rugby à quinze, ou les cow-boys et les Indiens. Mais ton jeu, c'est un jeu pour jouer à la maison quand il pleut. Et puis, d'ailleurs, c'est un jeu de filles.

— Eh ben, t'auras qu'à pas jouer à mon jeu, a dit Geoffroy. Après tout, on n'a pas besoin de toi.

— Tu veux une claque sur la figure ? a demandé Rufus.

Et ils allaient commencer à se battre, mais Clotaire a dit que s'ils commençaient à faire les guignols, la récré allait se terminer sans qu'on ait le temps de jouer. Et Rufus a dit que bon, qu'il était d'accord, mais qu'il avait le droit de jouer comme tout le monde, même si le jeu ne lui plaisait pas, et que si on l'empêchait de jouer, il allait donner une claque sur la figure de celui qui allait essayer de l'en empêcher, et Geoffroy a dit : « Ah oui ? » et Clotaire a dit que s'ils commençaient à faire les guignols, la récré allait se terminer sans qu'on ait le temps de jouer.

Alors nous sommes tous allés dans un coin de la cour, nous avons mis le « Hoplà » par terre et nous nous sommes assis autour.

— Bon, a dit Geoffroy, chacun doit se choisir un animal. Moi, je prends le cheval.

— Et pourquoi, je vous prie ? a demandé Joachim.

— Parce que c'est celui qui me plaît le mieux et parce que le jeu est à moi, voilà pourquoi je prends le cheval, a dit Geoffroy.

— Ah oui ? a demandé Joachim.

Et Clotaire a dit que s'ils allaient se battre, la récré allait se terminer sans qu'on puisse jouer, et que c'était terrible qu'on ne puisse pas se tenir tranquilles pour une fois que la maîtresse ne l'avait pas privé de récré. Il a bien raison, Clotaire.

— Pour Clotaire, a dit Rufus, il n'y a qu'à lui donner l'âne.

Et Clotaire lui a donné une grosse baffe, et ils ont commencé à se battre. Et puis Geoffroy nous a distribué les animaux de son jeu ; moi, j'ai eu le chien ; Maixent le poulet ; Eudes la vache ; et Alceste a été très content d'avoir le cochon. Alceste m'a dit une fois qu'il aimait beaucoup les cochons depuis qu'il avait lu que tout se mange dans le cochon, et qu'avec ce qui reste on fait de la charcuterie. Pour Clotaire et pour Rufus, il n'y avait plus d'animaux, mais ce n'était pas grave, parce qu'ils étaient occupés à se donner des baffes et à se dire : « Essaye un peu ! »

— Bon, a dit Geoffroy, alors, on met tous les animaux sur la ligne de départ, et moi je commence.

— Et pourquoi, je vous prie ? a demandé Joachim.

— Parce que c'est toujours le cheval qui commence, a expliqué Geoffroy ; c'est écrit dans les règles du jeu.

Et il a jeté les dés, il a sorti un double six, il a avancé son cheval d'un tas de cases et il a pris un paquet de billets. Maixent a jeté les dés ensuite, et il a sorti un deux et un trois, et Geoffroy lui a dit qu'il devait avancer son poulet de cinq cases. Alors, Maixent a avancé son poulet et Geoffroy a crié : « Hoplà ! »

— Quoi, hoplà ? a demandé Maixent.

— Ben oui, a dit Clotaire. Tu es dans la case de Geoffroy, là ; si tu veux en sortir, tu dois payer.

— Et de quoi tu te mêles, toi ? lui a demandé Maixent.

— D'abord, j'ai le droit de me mêler si je veux, a dit Clotaire. Et puis je suis en récré, comme tout le monde. Rufus et moi, on a fini de se battre, et moi je veux jouer au « Hoplà », et si ça ne te plaît pas, je peux te donner une baffe.

Pendant que Clotaire et Maixent se battaient, Rufus a pris le poulet et il a dit qu'il allait jouer à la place de Maixent. Et puis Eudes a jeté les dés et il a eu un double deux.

— Tu dois aller en prison, lui a dit Geoffroy.

Mais Eudes a dit qu'il n'avait pas envie d'aller en prison, alors Geoffroy a dit que bon, dans ce cas, il n'avait pas besoin d'y aller. Ça, je ne crois pas que c'était dans les règles du jeu ; je crois que c'était parce que Eudes est très fort et que Geoffroy n'aime pas tellement se battre avec lui. Alors, moi, j'ai joué, et j'ai eu double six.

— Tu dois payer une amende, m'a dit Geoffroy. Le deuxième qui sort un double six paye une amende au premier, c'est dans les règles du jeu. Tu me dois un million.

Je lui ai dit qu'il me faisait bien rigoler, et que je ne payerais pas son amende. Alors, Eudes a dit qu'il fallait observer les règles du jeu, sinon ce n'était pas drôle. Et moi, je lui ai donné un coup de pied, à Eudes, parce qu'à moi il ne me fait pas peur, non mais sans blague, et lui il m'a donné un coup de poing sur le nez et ça m'a fait pleurer, mais les yeux seulement ; ça me fait toujours ça quand Eudes me tape sur le nez, c'est drôle, et j'ai dit à Geoffroy que coup de poing sur le nez ou pas, qu'il me faisait tout de même bien rigoler et que je ne payerais pas son million. Et Geoffroy m'a dit que si je ne payais pas, je ne pouvais plus jouer au « Hoplà », et j'ai donné un coup de pied au « Hoplà ».

Mais, comme c'était le tour d'Alceste de jouer et qu'il avait avancé la main, et que dans sa main il avait les dés et sa tartine, c'est la tartine qui a tout pris, et Alceste s'est drôlement fâché. Et Geoffroy a dit qu'on était tous des jaloux parce que nos papas ne nous donnaient pas d'aussi beaux jeux et qu'il était en train de gagner.

— Tu me fais rigoler, a dit Eudes, c'est moi qui étais en train de gagner ; j'allais être le grand « Hoplà ».

Et Geoffroy a dit à Eudes que tout ce qu'il était, c'était le grand imbécile, et ils ont commencé à se battre.

On rigolait bien, et Maixent criait : « Une passe ! Une passe ! », et Rufus lui a passé le cochon d'Alceste, et Eudes était assis sur Geoffroy, et il voulait lui faire manger deux billets de 1 000.

Et puis, le Bouillon est arrivé en courant. Le Bouillon, c'est notre surveillant, et il n'aime pas qu'on rigole pendant la récré. Il nous a tous envoyés au piquet, il a confisqué ce qui restait du « Hoplà », il a donné une retenue à Geoffroy et une autre à Clotaire qui ne voulait pas aller au piquet.

Mais, le lendemain, Geoffroy a dit que pour sa retenue à lui, ça allait peut-être s'arranger, parce que son papa devait venir se plaindre au directeur, parce qu'il ne comprenait pas le motif de la punition.

« Cet élève est consigné pour avoir apporté un jeu dangereux à l'école, qui développe les instincts brutaux de ses camarades. »

Le mariage de Martine

Aujourd'hui samedi, je ne suis pas allé à l'école, parce que ma cousine Martine s'est mariée et toute la famille a été invitée.

Le matin, nous nous sommes levés tôt, à la maison, et puis maman m'a dit de faire ma toilette drôlement bien, sans oublier les oreilles, je vous prie, jeune homme, et puis elle m'a coupé les ongles, elle m'a peigné avec la raie sur le côté et des tas de brillantine à cause de mon épi ; elle m'a mis la chemise blanche qui brille, le nœud papillon rouge, le costume bleu marine, les chaussures noires qui brillent encore plus que la chemise, un mouchoir dans la poche de devant du veston, pas pour se moucher, mais pour faire joli, et j'étais bien content que les copains ne puissent pas me voir.

Papa avait mis son costume avec les rayures et il s'est un peu disputé avec maman, qui voulait qu'il mette la cravate qu'elle lui avait donnée. Mais papa a dit qu'elle était un peu gaie pour un mariage et il a mis une cravate grise.

Maman, elle, avait une robe terrible, avec des fleurs peintes dessus et un très grand chapeau, et ça m'a fait

drôle de voir maman avec un chapeau, mais ça lui
allait très bien.

Et quand nous sommes sortis, M. Blédurt, qui est
un voisin, et qui était dans son jardin, nous a dit qu'on
était très chouettes, tous les trois. Papa, je ne sais pas
pourquoi, ça ne lui a pas plu ce qu'avait dit M. Blédurt,
et il lui a répondu que la caravane passait et qu'il y
avait des chiens qui aboyaient ! Mais moi, je ne comprends rien à ce qu'ils racontent, papa et M. Blédurt !

Quand nous sommes arrivés à la mairie, presque
toute la famille était déjà là : il y avait mémé, tante
Mathilde, oncle Sylvain, tante Dorothée et tonton
Eugène, qui m'ont tous embrassé et qui m'ont dit que
j'avais grandi. Il y avait aussi mes cousins Roch et
Lambert, qui sont pareils parce qu'ils sont jumeaux ;
Clarisse, leur sœur, et qui n'est pas pareille à eux parce

qu'elle est plus grande, et qui avait une robe blanche toute dure avec des petits trous partout, et mon cousin Éloi, qui m'a fait rigoler avec ses cheveux aplatis et ses gants blancs. Et puis il y avait des gens que je ne connaissais pas : le fiancé de Martine, qui était tout rouge, avec un veston noir, très long derrière, comme dans un film que j'ai vu ; et puis il y avait une demoiselle qui était sa sœur et un monsieur qui disait à une dame de cesser de pleurer, que c'était ridicule.

Et puis une grande auto noire est arrivée, avec des fleurs partout, et tout le monde a crié, et de l'auto sont descendus Martine et ses parents. Et la maman de Martine avait les yeux tout rouges, et elle se mouchait tout le temps. Martine, qui est drôlement jolie, était chouette comme tout, habillée en blanc, avec un voile qui s'est pris dans la portière de l'auto et un petit bouquet dans les mains. Avec sa robe de mariée, on aurait dit qu'elle allait faire sa première communion.

Nous sommes tous entrés dans la mairie et on a dû attendre qu'un autre mariage sorte pour entrer à notre tour, et la maman de Martine et celle du fiancé de Martine ont continué à pleurer, et puis on nous a dit que c'était à nous de rentrer. Nous sommes entrés dans une salle chouette comme tout, avec des bancs rouges, et on se serait cru au guignol, mais au lieu de guignol il y avait une table, et un monsieur est entré avec une ceinture bleu blanc rouge — c'était le maire — et on s'est tous levés, comme à l'école quand le directeur entre en classe. Et puis on s'est assis et le maire nous a fait un discours où il a dit que Martine et son fiancé allaient partir sur un bateau, qu'il y aurait des tas de tempêtes, mais qu'il comptait sur eux pour éviter les écueils. Mais je n'ai pas entendu tout ce qu'il avait dit

parce que j'étais assis juste derrière la maman de Martine, et elle faisait beaucoup de bruit en pleurant, et ça avait l'air de l'embêter beaucoup de savoir que Martine allait partir en voyage sur un bateau, avec toutes ces tempêtes.

Et puis Martine, son fiancé, tonton Eugène et la sœur du fiancé de Martine se sont levés pour aller signer dans un grand livre, et le maire a dit que Martine et son fiancé étaient mariés ; et on a dû partir vite, parce qu'il y avait un autre mariage qui attendait.

Nous sommes sortis de la mairie, et le monsieur qui avait déjà pris des photos nous a fait tous mettre en rang pour nous photographier de nouveau ; Martine et son mari au milieu, les autres autour et les petits devant. Tout le monde a fait de gros sourires, même la maman de Martine et celle du mari de Martine, qui se sont remises à pleurer après la photo. Après, on a pris les autos et nous sommes allés à l'église, et Martine et son mari se sont remariés et c'était très chouette ; il y avait de la musique et des fleurs, et à la sortie de l'église il y avait le monsieur des photos qui nous attendait et il nous a fait tous rentrer dans l'église et sortir de nouveau pour prendre ses photos. Et puis après, il nous a rangés sur les marches de l'église, comme devant la mairie, et il y avait des gens sur le trottoir qui nous regardaient en rigolant.

On a pris les autos de nouveau et nous sommes allés au restaurant. Papa m'a expliqué qu'on avait loué une salle rien que pour nous et qu'il fallait que je sois sage, que je ne me dispute pas avec mes cousins, et maman m'a dit de ne pas trop manger, pour ne pas être malade. Tonton Eugène, qui a un gros nez rouge et qui était dans l'auto avec nous, a dit qu'on me laisse tranquille, que ce n'était pas tous les jours qu'il y avait un mariage dans la famille, et papa lui a répondu que lui il pouvait parler, et qu'est-ce qu'il attendait pour se marier. Et tonton Eugène a répondu qu'il ne se marierait qu'avec maman, et maman a rigolé et elle a dit que tonton Eugène ne changerait jamais, et papa a dit que c'était dommage ! Et quand nous sommes arrivés au restaurant, le monsieur des photos nous attendait et il a pris encore des photos.

Dans le restaurant, il y avait des gens qui criaient : « Vive la mariée ! », et nous sommes montés par un escalier et nous sommes arrivés dans une petite salle où il n'y avait personne, sauf une grande table qui était si belle qu'elle donnait faim, avec des tas de verres et de fleurs et le monsieur des photos, qui était monté très vite avant nous, pour nous photographier.

En attendant de nous asseoir à table, avec Roch, Lambert et Éloi, on a commencé à courir et à glisser sur le parquet, et Roch et Lambert sont tombés et tous les parents nous ont dit de nous tenir tranquilles, et tante Dorothée a dit que c'était normal qu'ils s'énervent ces enfants, qu'on n'avait pas idée de faire des cérémonies aussi longues, qu'elle était épuisée, qu'elle n'en pouvait plus, et elle s'est mise à pleurer, et tante Amélie l'a accompagnée dehors pour prendre l'air.

Et puis on s'est tous assis et on nous a mis, Roch, Lambert, Éloi et moi, à un bout de table ; Clarisse a voulu rester à côté de sa maman pour qu'elle lui coupe sa viande, mais ça c'est un prétexte, je sais que Clarisse a peur quand elle est loin de sa maman. Et puis les garçons sont arrivés en portant des poissons avec de la mayonnaise, et maman a dit : « Pas de vin pour les enfants ! » Roch, Lambert, Éloi, moi et mémé on a protesté, mais il n'y a rien eu à faire et on a eu de la limonade, qui est très chouette, avec le poisson.

Le déjeuner a été terrible et ça a duré longtemps, et je ne me sentais pas trop bien, et puis tonton Eugène s'est levé et il a commencé à faire un discours rigolo comme tout, mais papa lui a dit de se taire à cause des enfants. Alors, tonton Eugène a mis le chapeau de maman et il a fait chanter tout le monde qui rigolait, sauf la maman de Martine et celle du mari de Martine, qui pleuraient.

Et puis on a apporté un gâteau terrible, avec des tas d'étages et des bouteilles de champagne. Martine s'est levée, elle a fait semblant de couper le gâteau, le photographe a pris des photos et tout le monde a applaudi. Et puis le photographe a demandé au mari de Martine de se lever, de reboutonner son gilet et de faire semblant de couper le gâteau avec Martine. Et puis c'est tonton Eugène qui a coupé le gâteau pour de vrai et qui a fait la distribution, en disant que les deux plus grosses parts c'était pour les mariés ; tout le monde a rigolé et maman a dit : « Pas trop pour les enfants. » Nous et mémé on n'a pas été contents et mémé a dit qu'il fallait au moins nous donner du champagne pour trinquer. Alors, on nous en a donné un peu au fond du verre, et c'est drôlement bon. Et puis j'ai été malade et papa et maman m'ont ramené très vite à la maison.

Ça a été une chouette journée, et quand je serai grand, je me marierai, moi aussi. Comme ça j'aurai autant de champagne que je voudrai, et la plus grosse part du gâteau !

La piscine

Quand j'ai dit à maman qu'avec les copains on avait décidé d'aller à la piscine, maman m'a dit :

— Non, non et non, Nicolas ! Chaque fois que tu sors avec tes amis, ça fait des drames et des catastrophes. Tu n'iras pas à la piscine !

Alors, je suis allé demander la permission à papa, qui lisait son journal et qui m'a dit :

— Hmm ? Quoi ? Oui, oui, si tu veux. Va jouer maintenant.

Et quand maman a su que papa m'avait donné la permission d'aller à la piscine, elle s'est fâchée, elle s'est disputée avec lui, elle m'a grondé, tout le monde a crié, et puis nous nous sommes réconciliés. Papa a embrassé maman, maman m'a embrassé, elle a dit qu'elle allait faire des frites et que je pouvais aller à la piscine, à condition d'être prudent.

— Oui, fais tout de même attention, Nicolas, m'a dit papa. Nous te faisons confiance, mais tes copains ce sont de drôles de guignols !

Avec les copains, nous nous sommes tous rencontrés devant l'entrée de la piscine — il y a une piscine très chouette pas loin dans le quartier — et là, il y a eu des histoires, à cause du bateau de Maixent. Le monsieur qui vend les billets au guichet a demandé à Maixent ce qu'il allait faire avec ce bateau.

— Ben, a répondu Maixent, je vais le mettre à l'eau, dans la piscine, tiens !

— Non, non, a dit le monsieur. C'est interdit. Tu peux blesser des gens avec ça. Si tu veux entrer, tu laisseras ton jouet au vestiaire.

Alors, Maixent s'est fâché, il a dit qu'il n'avait pas amené son chouette bateau pour le laisser au vestiaire, et que s'il payait son billet, il avait le droit de mettre tout ce qu'il voulait dans la piscine.

— Tu n'entreras pas dans la piscine avec ce bateau, a dit le monsieur. Un point, c'est tout.

— Allez, les gars, a dit Maixent, on s'en va.

Et il est parti, avec son bateau.

Il y avait un tas de monde dans la piscine. C'est très chouette, l'eau est toute bleue et il y a des plongeoirs terribles. Et puis, c'est très bien organisé, on a des cabines pour se déshabiller, et parce que c'est plus rigolo, on s'est tous mis dans la même cabine. Alceste et Joachim sont venus aussi, mais eux, ils ne se déshabillent pas ; Alceste, parce que ça faisait moins de deux heures qu'il avait mangé, il ne pouvait pas se baigner, et Joachim, qui ne peut pas se baigner parce qu'il est enrhumé. Et puis, on a frappé à la porte de la cabine et une grosse voix a crié :

— Qu'est-ce que vous faites là-dedans ? Voulez-vous bien sortir !

Nous sommes sortis, et le monsieur, c'était lui qui avait crié, a ouvert des yeux tout ronds quand il nous a vus.

— Il n'y en a plus ? il a demandé. Bon. Écoutez, les enfants, vous m'avez l'air d'être une drôle de bande. Tenez-vous bien, et ne faites pas d'imprudences. Je vous surveille… Vous deux, là, vous ne vous déshabillez pas ?

— Non, a dit Joachim. Je ne me baigne pas. Je suis malade.

— Moi, je ne me baigne pas pour ne pas être malade, a dit Alceste.

Le moniteur n'a plus rien dit, et il est parti en remuant la tête, comme fait le Bouillon, qui est notre surveillant, à l'école.

— On y va les gars ! j'ai crié. Le dernier à l'eau, c'est un guignol !

— Attendez ! a dit Geoffroy. J'ai apporté quelque chose de terrible ! Regardez !

Et c'est vrai, on n'avait même pas remarqué que Geoffroy avait un gros paquet. Il a ouvert le paquet, et dedans, il y avait un cheval en caoutchouc, dégonflé, rouge avec des pois blancs.

— On va le gonfler, et ça va être formidable, a dit Geoffroy. Mon père me l'a acheté l'année dernière, quand nous sommes allés en vacances à la plage.

— Oh, ce qu'il est chouette ! a crié Clotaire.

Nous, on a tous été d'accord avec Clotaire, et Eudes a dit :

— C'est surtout bien pour ceux qui ne savent pas nager.

— C'est pour moi que tu dis ça ? a demandé Rufus.

Pendant que Rufus et Eudes discutaient, Geoffroy était en train de gonfler le cheval en soufflant, et c'était très dur. Il était tout rouge, Geoffroy. Joachim a voulu l'aider, mais Geoffroy a dit que non, que c'était son cheval. Et puis, quand le cheval a été presque gonflé, on a entendu « psss », et le cheval a commencé à se dégonfler. Il faisait une drôle de tête, Geoffroy !

— Il doit y avoir un trou, a dit Clotaire.

Alors, on s'est tous penchés pour chercher, et Clotaire a crié :

— Oui ! Regarde là ! C'est décousu !

Geoffroy était bien embêté, et il a dit qu'on pourrait peut-être arranger le cheval avec du papier collant.

— Aidez-moi à trouver du papier collant, les gars ! a dit Geoffroy.

— Trouve-le tout seul, ton papier collant, a dit Joachim. C'est ton cheval.

Et Joachim est allé demander à Alceste de lui donner un morceau de croissant, mais Alceste a refusé en disant que c'était son croissant.

— Moi, je vais t'aider, a dit Clotaire.

Et Geoffroy et Clotaire sont allés chercher du papier collant.

— Le dernier dans l'eau, c'est un guignol ! j'ai crié.

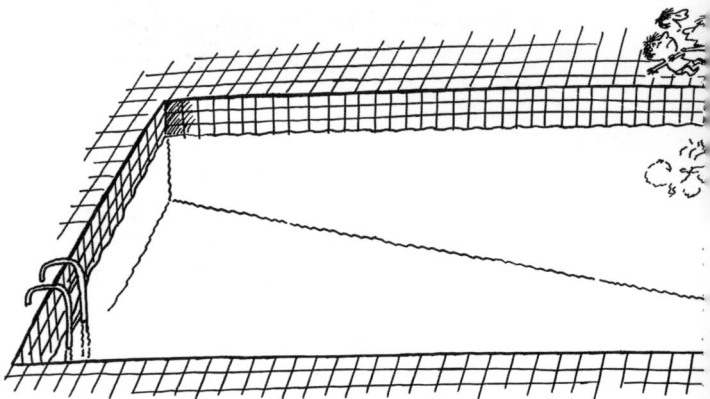

— Chiche que tu ne plonges pas du grand plongeoir ! a dit Eudes à Rufus.

— Bah, a dit Rufus, je plongerais bien, mais je n'en ai pas envie.

— Bien sûr ! a dit Eudes en rigolant. T'as pas envie, parce que si tu plonges, tu te noies. Tu racontes toujours que t'as sauvé des gens qui se noyaient, mais tu sais pas nager.

— Moi, je sais pas nager ? a crié Rufus. Tu me fais rigoler, tiens !

— Si je te fais rigoler, a dit Eudes, plonge du grand plongeoir !

— Si tu ne me laisses pas tranquille, t'auras une

baffe, a crié Rufus, qui était en train de se fâcher drôlement.

— Essaye seulement, a dit Eudes.

Rufus a poussé Eudes, et le moniteur est arrivé en courant. Il a pris Eudes et Rufus, chacun par un bras, et il a dit :

— Dernier avertissement. Si vous continuez, je vous envoie vous rhabiller, et vous rentrerez chez vous. C'est compris ?

— M'sieur… a dit Clotaire.

— Qu'est-ce qu'il y a encore ? a demandé le monsieur en se retournant.

— Vous auriez pas du papier collant ? a demandé Geoffroy. C'est pour mon cheval.

Le moniteur s'est frotté la bouche avec la main, il a regardé Geoffroy et Clotaire en faisant des tout petits yeux et il est parti sans répondre.

— Pas moyen de trouver du papier collant, nous a expliqué Geoffroy. On a demandé à tout le monde. Je crois que pour le cheval, c'est fichu. Il faudrait des rustines.

— Moi, j'en ai à la maison, pour mon vélo, a dit Clotaire. Si tu veux, je vais aller en chercher.

Et Clotaire est allé se rhabiller pour aller chercher des rustines chez lui. C'est un très bon copain, Clotaire.

— Bon, a dit Eudes. Tu y vas, du grand plongeoir ?

— J'irai si j'ai envie, a dit Rufus.

— Les gars ! j'ai crié. On y va ! Le dernier dans l'eau, c'est un guignol !

J'ai couru, je me suis pincé le nez, et j'ai sauté dans la piscine. L'eau était drôlement bonne, mais quand j'ai regardé, j'ai vu que les copains n'avaient pas sauté ; ils étaient autour de Rufus, d'Eudes et du moniteur qui criait, et qui a envoyé tout le monde dans les cabines se rhabiller.

Je crois que papa a raison : les copains, c'est tous des guignols !

Les bonbons

M. Blédurt est notre voisin et c'est un bon copain de papa. Ils aiment bien se taquiner, mais chaque fois qu'ils commencent à faire les guignols ensemble, ils se fâchent et ils ne se parlent plus. Cette fois-ci, papa et M. Blédurt ne se parlaient plus depuis le jour où papa, pour rigoler, a envoyé une boîte de petits pois, vide, par-dessus la haie dans le jardin de M. Blédurt, et M. Blédurt, lui, il n'a pas rigolé ; il a dit que son jardin n'était pas un dépotoir et que la blague de papa était idiote et qu'il aurait pu blesser quelqu'un. Et puis comme papa continuait de rigoler, il a jeté la boîte de petits pois dans notre jardin, et il a crié : « Tu peux la reprendre, ta boîte ! », et à papa ça ne lui a pas plu, et pendant des tas de semaines, papa et M. Blédurt ne se sont plus dit bonjour.

C'est pour ça que j'ai été étonné quand maman m'a dit qu'après dîner les Blédurt allaient venir prendre le café ; mais je sais que quand papa et M. Blédurt se fâchent, maman et Mme Blédurt les font se réconcilier, et ils redeviennent drôlement copains, jusqu'à ce qu'ils recommencent à faire les guignols ensemble.

On avait fini de dîner depuis un petit moment quand

on a sonné à la porte, et c'était M. et Mme Blédurt et tout le monde rigolait, et papa et M. Blédurt se sont donné la main, et maman a dit qu'au fond ils agissaient comme deux grands gosses, et moi, j'étais drôlement content parce que M. Blédurt a donné une boîte de bonbons terrible à maman en disant :

— Après les petits pois de la discorde, voici les bonbons de la concorde !

Et maman a beaucoup rigolé, et elle lui a dit qu'il n'aurait pas dû ; mais moi, j'ai trouvé que c'était une chouette idée qu'il avait eue, M. Blédurt, parce que moi j'aime bien les bonbons, on n'en achète jamais, on en apporte à maman, et en général on lui apporte plutôt des fleurs et des fleurs c'est joli, mais c'est bête comme cadeau, parce que ça ne se mange pas, et on en a plein dans le jardin.

Maman m'a laissé prendre un bonbon ; il y en avait des tas dans la boîte, et ce qui est chouette, c'est que j'ai vu qu'il y avait deux étages de bonbons, pas comme dans la boîte qu'a apportée M. Barlier, où l'étage d'en dessous c'était du papier. Maman m'a dit qu'il ne fallait pas choisir, alors j'en ai pris un enveloppé dans du papier doré, et c'en était un à la liqueur, ceux que je préfère, et comme je ne m'y attendais pas, ça m'a coulé sur le menton, et tout le monde s'est mis à rigoler et à m'embrasser, et maman a dit qu'il était tard, que demain il y avait école et que j'aille faire dodo.

Le matin quand je me suis levé, j'ai demandé si je pouvais avoir un bonbon et maman m'a dit que je me lave, que je m'habille, que je prenne mon café au lait avec des tartines, et qu'après on verrait. Moi j'ai dit que plutôt que le café au lait et les tartines, j'aimerais mieux un bonbon, mais maman a dit non. Après le petit déjeuner, juste avant de partir à l'école, maman m'a laissé prendre un bonbon, et j'en ai encore pris un à la liqueur ; mais comme j'étais prévenu cette fois-ci, je l'ai mis d'un seul coup dans ma bouche pour que ça ne me coule pas sur le menton. J'ai demandé si je pouvais apporter des bonbons à l'école pour la récré, mais maman a dit que c'était ridicule et que je parte tout de suite si je ne voulais pas être en retard, et moi j'ai demandé pourquoi je n'aurais pas le droit d'apporter des bonbons à l'école, que les copains apportaient bien des tas de choses, eux, et maman a dit que si je continuais, elle allait se fâcher. Et je suis parti à l'école en pleurant, parce que c'est pas juste, c'est pas juste, et c'est pas juste !

À l'école, j'ai raconté à Alceste — un copain — que nous avions eu une boîte de bonbons à la maison.

— Combien d'étages ? m'a demandé Alceste.

Quand il a su qu'il y avait deux étages, Alceste a dit que c'était très intéressant et à midi, en sortant de l'école, il m'a accompagné à la maison. Quand nous sommes entrés, maman a été tout étonnée de voir Alceste.

— Il vient regarder notre boîte de bonbons, j'ai expliqué.

— Mais, c'est absurde ! a crié maman. Et ta maman qui t'attend sûrement pour déjeuner ! Veux-tu filer tout de suite ! En voilà une idée !

Alors, Alceste s'est retourné vers la porte et il s'est mis à marcher tout doucement en traînant les pieds. Maman a mis sa main sur sa bouche, comme elle fait quelquefois pour que je vois pas qu'elle rigole, et elle a dit :

— Nicolas, donne tout de même un bonbon à ton petit camarade. Il le mangera après le déjeuner, pour ne pas se couper l'appétit.

Ça, ça a fait rigoler Alceste, et moi je lui ai donné un bonbon avec des drôles de choses vertes dessus.

— J'aimerais mieux un avec du papier doré, m'a

dit Alceste. Avec le papier doré, ils sont à la liqueur. Tu parles si je m'y connais !

Moi, je lui ai dit qu'il ne fallait pas choisir. Alceste m'a crié que je n'étais pas un copain ; moi je lui ai répondu que si ça ne lui plaisait pas, il n'avait qu'à me le rendre le bonbon avec les drôles de choses vertes dessus, qu'après tout il n'était pas chez lui, non mais sans blague ! Maman, qui ne rigolait plus, nous a demandé si ce n'était pas bientôt fini et Alceste est parti fâché en mangeant son bonbon avec les drôles de choses vertes dessus.

Et puis quand j'ai voulu prendre un bonbon à mon tour, maman m'a demandé si je ne devenais pas fou, que je n'en prendrais pas avant de déjeuner.

— Alors, Alceste peut, et pas moi ? j'ai demandé.

— Tu vas me faire le plaisir d'aller te laver les mains et de ne plus parler de ces bonbons ! a crié maman, qui des fois est drôlement injuste. Je dois finir de préparer le déjeuner, ton père ne va pas tarder, et tu sais qu'à midi il est toujours très pressé.

— Si Alceste a le droit d'avoir un bonbon, moi aussi, j'ai le droit ! j'ai crié. Pourquoi est-ce que ce serait Alceste, le préféré ?

— Tu veux une claque ? a demandé maman, avec la voix d'un de nos surveillants, M. Mouchabière, quand nous le faisons enrager pendant la récré.

— Eh bien, je vois que nous sommes en plein drame, a dit papa qui venait d'entrer dans la maison. Puis-je savoir quelle en est la cause risible, cette fois-ci ?

— C'est la boîte de bonbons de ton ami Blédurt ! a crié maman. Monsieur Nicolas voudrait se nourrir exclusivement de bonbons. Monsieur Nicolas amène tous ses amis et relations dans la maison pour leur offrir des bonbons ! Et Monsieur Nicolas n'admet pas que je lui interdise de manger des bonbons avant le déjeuner !

— Mon ami Blédurt ? a dit papa. Il me semble que tu as fait des pieds et des mains pour que Blédurt redevienne mon ami. De toute façon, la question n'est pas là ; je ne crois pas que ça vaille la peine de se mettre dans tous ses états pour des bonbons. Nicolas, si maman dit que tu ne dois pas manger de bonbons, tu ne manges pas de bonbons, et voilà tout.

— Mais Alceste en a eu ! j'ai crié. C'est maman qui m'a dit de lui en donner, des bonbons !

— Ce qu'il peut être têtu, ton fils, a dit maman à papa. Je sais de qui il tient ! En tout cas, pas de bonbons et à table.

— Je te remercie pour ta fine allusion, a dit papa, mais en attendant, j'aimerais que l'on cesse de parler de bonbons pendant un court instant et que l'on ait un peu de calme. Je suis pressé, j'ai un rendez-vous à deux heures au bureau et le déjeuner devrait être déjà prêt.

— Oh ! Je m'excuse pour mon retard, a dit maman en rigolant, mais pas contente ; ce sont les bonbons de ton fils qui m'ont empêchée de faire mon service.

— Si ça continue, je déjeunerai au restaurant ! Je ne reviendrai plus à la maison ! Là au moins, je n'entendrai plus parler de bonbons ! a crié papa. Et qu'il ne soit plus question de bonbons dans cette maison ! Assez parlé de bonbons. Fini les bonbons ! D'ailleurs, vous allez voir ce que j'en fais de ces bonbons.

Et papa a pris la boîte de bonbons, il est sorti dans le jardin et il s'est approché de la haie. M. Blédurt, qui était dans son jardin à lui en train de ramasser des feuilles, a levé la tête et il a fait un sourire à papa.

— Tiens ! a crié papa. Je te la rends, ta boîte !

Papa a jeté la boîte de bonbons dans le jardin de M. Blédurt.

Maintenant, à la maison tout va bien. Papa et moi nous avons demandé pardon à maman, et elle, elle nous fait souvent des frites. La seule chose, c'est que de nouveau, papa et M. Blédurt ne se disent plus bonjour.

Je me cire

Mme Moucheboume a téléphoné à maman pour l'inviter à prendre le thé cet après-midi. Mme Moucheboume a demandé à maman de m'amener avec elle, parce que je suis très chou. Moi, ça ne m'amuse pas trop d'aller prendre le thé chez Mme Moucheboume, parce qu'elle n'a pas d'enfants ni de télé chez elle, mais maman m'a dit que puisque Mme Moucheboume veut que j'aille prendre le thé chez elle, j'irai prendre le thé chez elle, et un point c'est tout. Mme Moucheboume, c'est la femme de M. Moucheboume, qui est le patron de mon papa.

Alors, maman m'a mis le costume bleu marine et les chaussettes blanches, et elle m'a peigné. Quand je suis habillé comme ça, j'ai l'air d'un vrai guignol. Et puis maman a regardé mes chaussures et elle a dit qu'elles ne brillaient pas assez, et qu'elle allait leur donner un coup de brosse, mais qu'il se faisait tard, et que d'abord elle allait commencer par s'habiller et se préparer. « Si tu es bien sage, m'a dit maman, ce soir, je ferai de la tarte aux pommes », et puis elle est partie. Moi, j'aime bien ma maman, et la tarte aux pommes, alors, j'ai décidé de ne pas faire de bêtises.

Et puis, je me suis dit que ce qui serait une bonne surprise pour maman, ce serait que je cire mes chaussures pendant qu'elle se prépare, comme ça, quand maman viendrait pour me donner un coup de brosse, elle verrait mes chaussures drôlement brillantes, et elle dirait : « Oh, mais mon Nicolas est un grand garçon, et il aide sa maman ! »... Et puis, elle m'embrasserait, et ce soir, pour le coup, de la tarte aux pommes je pourrai m'en resservir deux fois, trois peut-être. Ça sera chouette ! Je suis allé dans la cuisine, où se trouve la petite valise dans laquelle il y a les choses pour cirer les chaussures. J'ai fait comme papa, j'ai donné d'abord un coup de brosse à mes souliers qui ont déjà commencé à briller, et puis j'ai pris la boîte de cirage noir, et j'ai cherché la petite brosse avec laquelle papa met le cirage sur ses chaussures. Mais comme je n'ai pas trouvé la petite brosse (maman dit que papa est très désordonné), j'ai mis le cirage avec les doigts, ça ne fait rien, parce qu'après je me laverai les mains. Le cirage s'étend drôlement bien comme ça, la seule chose, c'est qu'il rentre un peu sous les ongles. Après, j'ai pris la grande brosse et j'ai frotté, en sifflant, comme fait papa, mais c'est drôle, les chaussures brillaient moins qu'avant que je mette le cirage, alors, j'ai remis du cirage, une bonne couche, et puis au lieu de me servir de la brosse, j'ai pris un torchon que maman, de toute façon, allait sûrement mettre dans le panier à linge sale.

Les chaussures, elles brillaient pas trop, mais ça allait. Ce qui est embêtant, c'était les chaussettes. Je ne sais pas comment fait papa pour ne pas se salir les chaussettes quand il se cire, il faut dire qu'il ne met pas de chaussettes blanches ; les miennes, elles étaient noires jusqu'à la moitié de la jambe, mais c'est forcé, les chaussettes, c'est pas comme les manches, on ne peut pas les retrousser. Alors, j'ai pris le gros morceau de savon qui est sur l'évier, je l'ai mouillé au robinet qui éclabousse, et j'ai frotté mes chaussettes. Ça ne les a pas très bien nettoyées et ça m'a fait froid aux jambes, mais avec encore un coup de cirage sur

les chaussures, j'ai pu enlever le savon qui était tombé dessus.

Ce que j'aurais dû faire, c'est retrousser les manches de ma chemise, parce que les poignets étaient mouillés presque jusqu'aux coudes, et il y avait quelques taches de cirage. Sur le blanc, le noir ça se voit beaucoup, maman dit toujours que c'est très salissant, et elle a raison. C'est plus salissant que le bleu marine, en tout cas, parce qu'il fallait regarder mon veston de très près pour voir les taches de cirage qui étaient dessus. D'ailleurs, j'ai gratté le cirage du veston avec le couteau dont papa se sert pour découper le gigot, quand il y en a, et tout s'est très bien arrangé. J'ai enlevé mon veston et je l'ai mis sur le dossier d'une chaise, mais c'est la chaise qui ne tient pas, et bing ! tout est tombé par terre : le veston, la chaise et la valise avec les choses pour cirer les chaussures, que j'avais mise sur la chaise. Ce n'était pas bien grave, sauf pour la boîte de cirage, qui est tombée par terre du côté du cirage, comme le font les tartines d'Alceste, quand on le bouscule dans la cour de la récré, mais là,

ce n'est pas du cirage, mais du beurre, ou même de la confiture souvent.

Alors j'ai décidé de nettoyer la tache qui était sur le carrelage de la cuisine, j'avais pas envie de me faire gronder par maman, et j'ai pris un autre torchon, que maman allait sûrement mettre aussi dans le panier du linge sale. Mais avec le torchon, ça, je dois dire, ça n'a pas trop bien marché, parce que le cirage s'est étendu, sans partir. Alors, j'ai fait comme maman, j'ai pris le balai, pas celui qui a des pailles longues au bout, l'autre, j'ai mouillé le torchon au robinet qui éclabousse, et que j'avais bien fait de ne pas fermer, et j'ai mis le torchon au bout du balai. Et puis, j'ai commencé à frotter, mais, c'est drôle, le cirage ça l'a mouillé mais ça ne l'a pas enlevé.

Alors, j'ai pris le gros morceau de savon, j'ai gratté le noir qui était dessus, avec le couteau à découper le gigot, et puis je me suis mis à genoux par terre, et avec les deux mains, j'ai frotté le savon sur le cirage. L'ennui, c'est que ça n'a pas beaucoup nettoyé le cirage, mais que ça a drôlement sali le savon. Mais ce n'était pas grave, pas plus que la cravate, parce que c'était seulement le bout qui a traîné par terre, et quand je ferme le bouton du haut de mon veston, le bout de la cravate, on ne le voit pas. Non, ce qui était embêtant, c'était le pantalon à cause des genoux qui étaient pleins

de cirage mouillé, et c'est drôle, mais même sur du bleu marine ça se voyait. J'aurais dû retrousser mon pantalon, parce que même sans le retrousser, mes genoux se sont salis. Je me suis dit que ce que j'avais de mieux à faire, c'était d'aller me changer, je rangerais la cuisine après. En me levant pour aller dans ma chambre, je me suis vu dans la petite glace de la cuisine, et alors là, j'ai rigolé. J'avais la figure pleine de cirage, surtout sur le nez. J'avais l'air d'un clown et je me suis amusé à faire des grimaces, et puis j'ai entendu un grand cri.

C'était maman qui était à la porte de la cuisine. Elle était pas contente, maman. Elle m'a pris par le bras, et elle m'a dit que je serais privé de dessert, et qu'on

verrait ce que papa aurait à dire quand on lui raconterait ce qui s'est passé.

Et moi, je me suis mis à pleurer, parce que d'accord, j'avais fait quelques bêtises, mais ce qui n'est pas juste, mais pas juste du tout, c'est vrai quoi, à la fin, c'est que maman ne s'est même pas aperçue que j'avais ciré mes chaussures. Et tout seul, encore !

On a visité le chocolat

On attendait tous jeudi avec une drôle d'impatience, depuis que la maîtresse nous avait dit que la classe était invitée à visiter une fabrique de chocolat.

— Je compte sur vous, nous a dit la maîtresse, pour être proprement habillés… Si vous voulez, je peux attendre que vous ayez fini de parler, Nicolas… Bon. Vous serez très sages et très attentifs pendant cette visite, parce qu'après je vous demanderai de la raconter dans une rédaction. Rendez-vous à l'école à deux heures ; soyez exacts, nous n'attendrons pas les retardataires.

Jeudi, je suis arrivé à l'école à une heure et demie, et tous les copains étaient déjà là. Alceste mangeait une pomme, parce qu'il n'avait pas eu le temps de reprendre du dessert chez lui, et il avait un paquet avec son goûter. Celui qui nous a fait rigoler, c'est Agnan, qui avait amené son cartable.

— J'ai apporté un cahier pour prendre des notes pendant la visite, il nous a expliqué. C'est pour la rédaction.

Il est fou, Agnan !

Et puis la maîtresse est arrivée, chouette comme tout, et drôlement bien habillée ; elle avait un sac au lieu du cartable qu'elle a d'habitude, et elle avait mis un chapeau sur ses cheveux.

— Voyons, elle a dit. Oui, ce n'est pas mal. J'aperçois quelques tignasses, là, qui supporteraient bien un coup de peigne, mais enfin dans l'ensemble, vous êtes propres... Alceste ! Essuyez-vous le menton et jetez ce trognon de pomme. Bien. Le car vient d'arriver, alors en route ! Et je vous préviens : le premier qui se dissipe dans le car, je le fais descendre et il ne fera pas la visite avec nous !

Nous sommes montés dans le car, drôlement contents, et personne n'a fait le guignol. Le chauffeur, chaque fois qu'il s'arrêtait à un feu rouge, il se retournait pour regarder et il avait l'air étonné.

Nous sommes arrivés devant la fabrique, qui est très, très grande ; la maîtresse nous a fait descendre du car, elle a dit à Alceste de brosser les miettes de croissant qu'il avait sur son pull-over, on s'est mis en rang et nous sommes entrés. Une dame très gentille et qui nous regardait en rigolant nous attendait, et elle nous a fait passer dans un bureau terrible où il y avait un monsieur tout chauve, qui s'est levé pour donner la main à la maîtresse. Et puis il nous a regardés, il a fait un très gros sourire et il nous a dit :

— Mes enfants, les Chocolats Grouillot, dont je suis le directeur, vous souhaitent la bienvenue. Je pense que vous aimez tous le chocolat ?... Hé, hé... Levez la main, ceux qui aiment le chocolat !

On a tous levé la main, sauf Agnan.

— Eh bien ! Agnan, a dit la maîtresse.

— Le chocolat, ça me rend malade, a expliqué Agnan. Depuis que j'étais petit, le docteur m'a dit que je ne devais pas en manger, parce que...

CHOCOLAT GROUILLO

— Bon, bon, bon, a dit le directeur de la fabrique. Je vois donc que vous aimez tous le chocolat ; alors, après votre visite, nous allons vous préparer une petite surprise.

Un autre monsieur, avec un tablier blanc, était entré dans le bureau, et le directeur nous a dit qu'il s'appelait M. Romarin et que c'était lui qui allait nous montrer la fabrique. Nous sommes sortis dans la cour, où il y avait des tas de camions et nous sommes allés vers une grande porte. Avant d'entrer, M. Romarin nous a demandé :

— Est-ce que l'un de vous a une idée de comment on fait le chocolat ?

— Le chocolat est fait à base de cacao et de sucre, a dit Agnan. Le cacao, c'est de la graine du cacaoyer, qui est un arbre originaire du Mexique. Il est cultivé en Amérique équatoriale, en Afrique et en Asie. Il…

— Ça va… Entrons, a dit M. Romarin.

Nous sommes entrés dans la fabrique, et c'était chouette comme tout ; ça sentait bon comme vous ne pouvez pas imaginer. La maîtresse a mis un petit mouchoir devant son nez et M. Romarin lui a dit :

— Bien sûr, l'arôme semble un peu fort au début, quand on n'est pas habitué.

M. Romarin nous a conduits dans une grande salle où il y avait des espèces de grandes soupières pleines de chocolat qu'on était en train de mélanger. M. Romarin a commencé à expliquer le coup des soupières, quand Geoffroy m'a tiré par la manche.

— Viens voir à côté, il m'a dit, c'est rien chouette !

Nous sommes allés voir et c'était terrible ! Sur des rubans, qui marchaient tout seuls, il y avait plein, plein de tablettes en chocolat. Autour des rubans, il y avait des dames avec des tabliers blancs qui nous regardaient en rigolant, et une des dames nous a dit :

— J'ai l'impression, mes lapins, que vous aimeriez bien goûter à nos tablettes.

Nous, on n'a rien osé dire, alors la dame nous a donné une grosse tablette à chacun.

— Nicolas ! Geoffroy ! Voulez-vous venir ici, tout de suite ! En voilà des manières !

C'était la maîtresse, qui nous avait vus, et qui nous appelait. Alors, nous sommes partis en courant, avec nos tablettes.

— Nous allons passer à l'opération suivante, a dit M. Romarin. Je vous demanderai de ne pas trop vous approcher des machines, ça peut être dangereux.

— Vous les avez trouvées où, les tablettes ? nous a demandé Alceste.

— Par la porte, là-bas, je lui ai dit. Tu y vas et on t'en donne des tas.

Et Alceste est parti, avec Eudes et Rufus. Nous, on suivait M. Romarin et la maîtresse, en mangeant nos tablettes. M. Romarin montrait des machines et chaque fois qu'il se retournait, il se cognait contre Agnan, qui était juste derrière lui, en train d'écrire sur son cahier.

— Mais il en manque ! a crié la maîtresse.

— Pardon ? a demandé M. Romarin.

— Où sont vos camarades ? a demandé la maîtresse, qui n'était pas contente.

Mais heureusement, Alceste, Rufus et Eudes sont arrivés en courant, avec leurs tablettes.

— Je vous interdis de vous écarter ! a crié la maîtresse. Et regardez-moi dans quel état vous vous êtes mis ! Vous avez la figure pleine de chocolat. Votre chemise, Rufus ! Vous n'avez pas honte ?

Rufus a essuyé le devant de sa chemise avec sa manche et la maîtresse nous a dit que si nous étions indisciplinés elle nous ferait remonter dans le car. M. Romarin, qui avait continué à marcher avec Agnan, s'est retourné, il est venu vers nous en courant.

— Écoutez, il a dit. Je crois que nous ne devrions pas trop nous attarder.

— Bien sûr, a dit la maîtresse, toute rouge. Veuillez les excuser, ils sont un peu… Joachim ! Sortez la main de cette cuve ! Ah ! Bravo ! Vous n'avez plus qu'à l'essuyer maintenant !

— Je n'ai pas de mouchoir, a dit Joachim.

Et il s'est mis à pleurer. Alors, la maîtresse a donné son petit mouchoir à Joachim, qui s'est essuyé sa main pleine de chocolat, qui s'est mouché, qui s'est frotté les yeux et qui a voulu rendre le mouchoir à la maîtresse. Mais, la maîtresse lui a dit qu'il pouvait le garder. Elle est chouette, la maîtresse !

Joachim a mis le mouchoir dans la poche de son veston. Il était rigolo, Joachim, avec du chocolat partout sur la figure.

— Bon, on peut continuer ? a demandé M. Romarin.

On a recommencé à marcher, et Clotaire a demandé à Joachim si c'était bon ce qu'il y avait dans la cuve.

— Ben non, a dit Joachim. J'ai goûté, mais ce n'est pas sucré, tu n'as qu'à essayer.

Clotaire y est allé, et quand il est revenu, il a dit que c'était vrai, que ce n'était pas bon du tout, et il a demandé à Joachim de lui prêter son mouchoir.

— Silence ! a crié M. Romarin.

M. Romarin nous a dit qu'on allait voir la dernière salle, celle de l'emballage des produits terminés, et que ça nous plairait bien, parce qu'on pourrait goûter à tout.

Nous sommes entrés dans la salle et la maîtresse a crié :

— Maixent ! Qu'est-ce que vous faites ici ?

Maixent, il a été tellement surpris qu'il a laissé tomber un bonbon qu'il avait à la main. Mais la maîtresse n'a pas eu le temps de lui dire tout ce qu'elle avait envie de lui dire, parce que M. Romarin avait l'air drôlement pressé.

— Là, vous avez les bonbons fourrés à la crème, à la liqueur, et aux fruits ; là derrière… Oh ! Pardon !… Ah ! C'est encore toi ! Mais tu es toujours dans mes jambes !… Là, ce sont des tablettes… Enfin, vous pouvez goûter.

C'était vraiment terrible, on a mangé des tas de choses formidables ; c'était sucré, ça fondait, c'était bon, et quand je serai grand je travaillerai dans une fabrique de chocolat.

— La visite est terminée, a dit M. Romarin. Nous retournons chez M. le directeur, qui vous attend pour vous offrir une surprise.

Avant d'entrer dans le bureau du directeur, la maîtresse nous a dit de nous essuyer la figure, et Joachim nous a prêté son mouchoir. Et quand le directeur nous a vus, il a ouvert de grands yeux tout ronds.

— Hmm ! il a dit. Je vois que vous avez bien profité de votre visite. Eh bien ! Mes enfants, pour que vous gardiez un bon souvenir de votre passage chez nous, les Chocolats Grouillot vous offrent une petite surprise.

Et le directeur nous a donné à chacun un paquet plein de chocolat, et Clotaire s'est mis à pleurer.

— Je suis malade, il a dit.

Et la maîtresse a eu juste le temps de sortir avec lui.

Dans le car, nous parlions de notre visite, en mangeant le chocolat des paquets, et la maîtresse ne disait rien, parce qu'elle était occupée à regarder par la fenêtre.

À la maison, je n'ai pas dîné, et j'ai été malade, moi aussi. En tout cas, elle était drôlement chouette, la visite de la fabrique de chocolat. Le seul qui a été déçu, ça a été Agnan. Parce qu'on ne fera pas la rédaction racontant notre visite à la fabrique de chocolat ; la maîtresse a dit qu'elle ne voulait plus jamais en entendre parler.

Le bassin

Nous, on aime mieux aller jouer dans le terrain vague que dans le square du quartier ; dans le square, c'est défendu de marcher sur l'herbe, et dans le terrain vague il n'y a pas d'herbe, mais s'il y en avait, ce ne serait pas défendu de marcher dessus. Mais ce qu'il y a au square, qu'il n'y a pas au terrain vague, c'est un chouette bassin avec des poissons et des canards, et on peut jouer avec des bateaux. Et c'est pour ça qu'on a tous été d'accord et qu'on a tous crié « Hip hip hourra ! » quand Eudes nous a dit :

— Les gars, si on faisait un bassin dans le terrain vague ?

Et on s'est tous donné rendez-vous pour jeudi après déjeuner dans le terrain vague. Eudes a dit que ceux qui avaient des pelles devaient les amener.

Mais, après déjeuner, jeudi, quand j'ai dit à maman que j'allais au terrain vague, elle n'a pas été contente du tout.

— Tu sais, Nicolas, elle m'a dit, que je n'aime pas que tu ailles dans cet horrible terrain vague. Tu reviens dans un état de saleté incroyable ! Non, je préfère que tu viennes faire des courses avec moi.

— Mais, j'ai dit, les copains m'attendent dans le terrain vague.

— J'ai dit non, Nicolas ! a crié maman.

Alors ça, c'était pas juste, et je me suis mis à pleurer, et j'ai crié que le terrain vague n'était pas horrible et que je ne voulais pas aller faire des courses, et que puisqu'on me défendait d'aller avec les copains, je ne retournerais plus jamais à l'école. C'est vrai, quoi, à la fin, sans blague !

— Tu veux une fessée, Nicolas ? m'a dit maman. Comme si tu étais encore un bébé ?

Alors, j'ai pleuré plus fort et papa est arrivé du salon, où il buvait son café.

— Quelle est la raison du drame, cette fois-ci ? a demandé papa.

— Maman ne veut pas que j'aille jouer avec les copains dans le terrain vague ! j'ai crié, alors moi je ne retournerai plus à l'école !

— Hé ! Hé ! a rigolé papa, quand j'avais ton âge, j'aimais bien jouer dans les terrains vagues, moi aussi...

— Bravo ! a dit maman. Bravo ! Donne-lui raison contre moi !

— Mais jamais de la vie, a dit papa. Si tu ne veux pas qu'il aille jouer dans son terrain vague, pour des raisons qui m'échappent d'ailleurs, il n'ira pas. Je me bornais à dire que je comprenais l'attrait qu'un terrain vague représente pour un enfant.

— Oh ! a dit maman, puisque tu comprends les enfants mieux que moi, je n'ai plus rien à ajouter. Je vous demande pardon de m'être opposée aux quatre volontés de Monsieur Nicolas ! Que Monsieur Nicolas aille donc rejoindre ses amis et relations dans le terrain vague.

Et maman est partie dans la cuisine. Moi, j'étais bien embêté, parce que quand maman est si polie avec moi, c'est qu'elle est fâchée.

— Alors, je peux y aller ? j'ai demandé à papa.

— Heuh !... Oui, m'a dit papa. Mais ne reviens pas trop tard et ne fais pas de bêtises. Maintenant, dépêche-toi. Moi, j'ai quelque chose à dire à ta maman.

Quand je suis arrivé dans le terrain vague, avec ma pelle (celle qu'on m'a achetée pour les vacances), tous les copains avaient des pelles comme la mienne, sauf Alceste, qui avait un sandwich, et Geoffroy, qui avait amené son bateau pour le mettre dans l'eau dès qu'on aurait fini le bassin.

— Bon, a dit Eudes, on va le faire au milieu du terrain, le bassin. Ce sera plus joli.

— On va le faire grand comment ? a demandé Rufus.

— Ben, le plus grand possible, tiens ! a dit Joachim. Des boîtes de conserve, ici, jusqu'à l'auto, là-bas, et du matelas jusqu'aux caisses.

— Et pour l'eau, comment on va faire ? a demandé Maixent. Parce qu'un bassin sans eau, ça ne sert à rien. Ce n'est qu'un trou.

— L'eau, a dit Eudes, on en amènera chacun de chez soi. Quand le bassin sera creusé, on viendra avec des seaux, des bouteilles et des carafes, et on le remplira.

— Et puis, on pourra prendre l'eau dans le bassin du square, a dit Geoffroy.

— Tu rigoles, a dit Clotaire. Le gardien ne voudra pas.

— Et pourquoi, je vous en prie ? a demandé Geoffroy. Il y a des tas de choses qui sont défendues au square, mais j'ai jamais vu qu'il soit défendu de prendre de l'eau. L'eau, c'est comme l'air, c'est à tout le monde.

— Voilà, il a dit, Eudes. Ça, c'est le bassin. Il n'y a qu'à creuser dans le rond, sans dépasser.

— Hé ! a crié Rufus, ce qui serait chouette, c'est quand on amènera aussi des poissons et des têtards !

— Oh ! Oui, a crié Maixent. Comme ça, on pourrait pêcher tranquillement sans que le gardien nous fasse des histoires ! Et nos parents seront drôlement contents quand nous leur amènerons des poissons pour dîner !

— Oui, a dit Joachim, mais pour les pêcher tranquillement ici, il faudra d'abord les pêcher dans le square.

Rufus a dit qu'on s'arrangerait et Eudes a dit qu'on

commence à creuser, parce que ça allait être long et que si on continuait comme ça, on ne finirait sûrement pas le bassin aujourd'hui.

— Hé, les gars, a dit Clotaire, ce qui serait chouette aussi, ce serait d'amener des canards du square !

— Ça, c'est vrai ! a dit Alceste. J'aime bien les canards ! Je les aime encore mieux que les poissons !

— Et si au lieu de faire un bassin, j'ai dit, on ferait une piscine ?

Là, ils m'ont tous regardé, drôlement étonnés.

— Ben oui, j'ai dit, ce serait pas chouette, ça ? On pourrait se baigner, faire des championnats, rigoler !

Eudes s'est gratté la figure avec sa pelle et il m'a dit :

— Oui, c'est une bonne idée, mais, après tout, on pourra se baigner dans le bassin, si on veut.

— Ah ! Non, j'ai répondu, c'est pas la même chose. D'abord, une piscine c'est carré, et pas rond. Tu peux pas faire des championnats dans une piscine ronde.

— Moi, j'aime mieux un bassin, a dit Alceste.

Alceste, il n'aime pas se baigner. Il m'a dit une fois qu'il avait peur de se baigner parce qu'on lui avait dit que si on se baignait moins de trois heures après avoir mangé, on se noyait. Et Alceste ne reste jamais trois heures sans manger, sauf la nuit, bien sûr ; mais la nuit, Alceste n'a pas envie de se lever pour aller se baigner.

— Avec une piscine, j'ai dit, on a un plongeoir, et puis il y a le petit bain pour ceux qui ne savent pas nager, comme Rufus, et…

— Qui a dit que je ne savais pas nager ? a demandé Rufus, qui est devenu tout rouge.

— Bon, a dit Eudes. Ceux qui sont pour la piscine, qu'ils lèvent le doigt.

On a tous levé le doigt, sauf Rufus et Alceste. Rufus était fâché comme tout et il a dit qu'il était venu pour faire un bassin et pas une piscine, et que s'il avait su, il ne se serait pas disputé avec sa mère pour venir dans le terrain vague.

— Dites, on commence à creuser, oui ou non ? a demandé Eudes.

— Rufus a raison ! a crié Alceste. On est venus ici pour faire des bassins pleins de canards et de poissons et pas pour faire des piscines idiotes. Je n'aime pas me baigner dans les piscines, alors tu ne crois tout de même pas que je vais aider à en creuser une, non ?

— T'as même pas de pelle, alors ! j'ai dit.

— C'est pas une raison ! a crié Alceste. Et puis d'abord, il y aura des canards, dans ta sale piscine, au moins ?

— Et où est-ce que tu as vu des canards dans une piscine, imbécile ? j'ai crié.

— Si j'ai envie de mettre des canards dans ta piscine, j'en mettrai ! a crié Alceste. Je n'ai pas à demander ta permission, tout de même, sans blague !

— Essaye seulement ! je lui ai dit.

Et on s'est battus et puis je suis parti fâché et je ne parlerai plus jamais de ma vie à Alceste.

Quand je suis arrivé à la maison, maman a crié :

— Regarde un peu dans quel état tu t'es mis ! Tu es noir de la tête aux pieds ! Je parie que tu t'es battu !… Tiens, voilà ton père qui arrive ! Ça tombe bien ! Puisqu'il te comprend mieux que moi, tu n'as qu'à lui expliquer comment tu as fait pour te mettre dans cet état !

— Eh bien, jeune homme, m'a demandé papa, que s'est-il passé dans ce fameux terrain vague ?

— C'est Alceste, j'ai expliqué. Il voulait mettre des canards dans la piscine.

Et comme papa ne disait plus rien, je suis monté ranger ma pelle et me laver les mains.

Le puzzle

Quand je suis revenu de l'école, cet après-midi, maman m'attendait avec un gros sourire sur la bouche.

— Le facteur t'a apporté une surprise de la part de mémé, elle m'a dit.

Alors moi, j'ai été très content, parce que mémé, qui est la maman de ma maman, m'envoie de chouettes cadeaux. Là, c'était une grosse boîte, et j'étais impatient comme tout, et je me demandais si ça allait être un nouveau wagon pour mon train électrique, ou une petite auto bleue qui se conduit de loin, ou un avion qui vole tout seul, et finalement j'ai réussi à enlever la ficelle et le papier, et c'était une boîte sur laquelle il y avait une peinture d'un bonhomme de neige, sur un champ tout blanc, et c'était écrit « Puzzle géant, 800 pièces ». À l'intérieur de la boîte, il y avait des tas de tout petits bouts de bois découpés. Moi j'ai déjà eu des puzzles quand j'étais petit, on m'en a donné un pour l'anniversaire de l'année d'avant, mais je n'en avais jamais vu avec autant de pièces ; ça avait l'air drôlement compliqué, et je me demande si je n'aurais pas préféré un nouveau wagon pour mon train électrique, une petite auto bleue qui se conduit de loin ou un avion qui vole tout seul.

Et puis papa est arrivé de son bureau.

— Maman a envoyé un cadeau au petit, lui a dit maman.

— Allons bon ! a dit papa en enlevant son pardessus. Et qu'est-ce que c'est, cette fois-ci ? Une batterie de jazz ? Une boîte de chimie pour faire des petites bombes atomiques ? Ou tout simplement quelques bâtons de dynamite ?

— Oh ! Je m'attendais à ce persiflage, a dit maman. Tout ce que fait ma famille est mal fait. Mais quand ton frère Eugène…

— Laisse Eugène en dehors de ceci, a dit papa. Tu sais bien que ta mère a le talent d'envoyer au petit des cadeaux qui sèment la perturbation dans la maison.

— Pas cette fois-ci, en tout cas, a dit maman.

— C'est un puzzle, j'ai expliqué.

Papa s'est retourné, il m'a regardé, il a regardé la boîte, et puis il l'a prise entre les mains.

— Un puzzle ? a dit papa. Tiens, tiens ! J'aimais bien les puzzles, moi, quand j'étais gosse ! Et puis j'étais très fort… Ah ! Dis donc ! Huit cents pièces ! Et ça n'a pas l'air facile, avec tout ce blanc, là… Tiens, Nicolas, si tu veux, on va le faire tout de suite !

— Oh ! Oui. Chic ! j'ai crié. On va le faire sur le tapis du salon !

— Non, a dit papa. Avec le tapis, les pièces vont bouger, et puis ça va être fatigant d'être tout le temps baissé. Non, viens, on va le faire sur la table de la salle à manger.

— Mais, a dit maman, j'ai besoin de la table ! Nous allons dîner bientôt !

— Bah ! a dit papa. Nous ne dînerons pas avant une heure. Et dans une heure, avec deux champions comme nous, le puzzle sera fait ; pas vrai, bonhomme ?

Moi j'ai dit que oui, et j'étais drôlement content, parce que j'aime bien jouer avec papa. Alors, nous avons amené le puzzle dans la salle à manger, et après avoir enlevé la nappe, nous avons renversé toutes les pièces sur la table. Papa, qui s'y connaît drôlement, m'a dit qu'il fallait d'abord mettre les pièces avec le côté du dessin vers le haut, pour les reconnaître, et après, chercher celles qui ont un bord droit, parce que ce sont celles qui font le cadre. Ça, ça a déjà pris pas mal de temps ; et puis après, papa a commencé à assembler les pièces. Il en a pris deux qui collaient très bien ensemble, et il m'a dit :

— Tu as vu ? C'est facile ; il suffit d'un peu de patience et d'observation.

Papa y arrivait assez bien, mais moi j'avais beaucoup de mal, et j'avais beau forcer avec les doigts, les pièces ne voulaient pas entrer les unes dans les autres.

— Non, Nicolas, non ! a dit papa, il ne faut pas utiliser la force, quand ce n'est pas la bonne pièce, ce n'est pas la bonne pièce ! Et puis, il faut se référer au modèle qui est sur le couvercle de la boîte… Là, tu vois, où c'est marron, eh bien, c'est sûrement la petite branche du bas… Eh oui !…

Très vite on a eu tout le cadre de fait. Il est terrible papa.

— Je peux mettre la table ? a demandé maman.

— Bientôt, a répondu papa. On a presque fini.

Mais après le cadre, ça a été plus difficile de trouver les pièces. Nous sommes tout de même arrivés à

faire l'arbre de gauche, et papa m'a laissé mettre deux pièces, bing, bing !

— Le rôti est prêt, a dit maman. Vous allez me faire le plaisir d'enlever ce jeu de la table, que je puisse mettre le couvert.

— Écoute, a dit papa. Tu vois bien que si on enlève le puzzle, il faudra le défaire ! Au point où nous en sommes, ce serait dommage. Attends un peu, puisque je te dis que c'est presque fini.

Mais là, on n'a pas avancé très vite, et papa, il a fait comme moi, il a essayé d'appuyer pour que les pièces entrent bien, mais il n'y a rien à faire ; quand ce n'est pas la bonne pièce, ce n'est pas la bonne pièce !

— J'ai mis le couvert à la cuisine, a dit maman. Si vous voulez que le rôti soit mangeable, venez maintenant !

— D'accord, a dit papa. Mais attends un peu… Si on trouvait la tête du bonhomme de neige, on pourrait finir tout ce morceau…

— C'est pas ça ? j'ai demandé à papa en lui donnant une pièce.

— Mais oui, c'est ça ! Bravo, Nicolas ! Tu deviens très bon !

Moi j'étais très fier, mais maman m'a regardé longtemps, et elle est retournée dans la cuisine sans me féliciter. Et puis, comme on n'arrivait pas à trouver le reste du bonhomme de neige, après avoir cherché longtemps, papa a dit qu'on allait dîner, et qu'on continuerait après.

— Nous arrivons, chérie ! a crié papa.

— Oh ! Ne vous dépêchez pas ; de toute façon, le rôti est brûlé, a répondu maman de la cuisine, en rigolant, comme elle fait quand elle n'est pas contente.

Moi j'aime bien manger dans la cuisine, même s'il n'y a pas beaucoup de place ; mais c'est vrai que le rôti était brûlé. On a mangé le dessert en vitesse, et nous sommes retournés dans la salle à manger.

Il devenait drôlement difficile, le puzzle, mais il avançait ; on avait presque tout le bonhomme de neige, et une partie du ciel, qui était tout blanc. Maman avait fini de laver la vaisselle, et elle lisait dans le salon. Et puis, elle est venue, et elle m'a dit :

— Allons, Nicolas ! Il est l'heure de faire dodo !

— Oh ! Ben non, j'ai dit. On n'a pas fini le puzzle.

— Nicolas ! Quand je dis quelque chose, je veux que tu m'obéisses ! Tant pis pour le puzzle ! Demain il y a école !

Alors moi, je me suis mis à pleurer, j'ai dit que ce n'était pas juste, qu'on m'envoyait des cadeaux et qu'après on ne me laissait pas jouer avec eux, que j'écrirais à mémé pour me plaindre, que j'étais très malheureux et que je partirais de la maison avec mon puzzle et qu'on nous regretterait bien.

— Bah ! a dit papa, laisse-le encore quelques minutes. Après tout, nous avons presque fini.

— Parfait, a dit maman. Parfait ! Mais demain, quand il faudra le faire sortir du lit, tu t'en occuperas.

Et nous avons continué à jouer, mais ça n'avançait pas vite, et je commençais à être fatigué, et j'ai mis le bras sur la table, avec la tête dessus, et je regardais le puzzle en fermant un œil.

— Allons, Nicolas, a dit maman, tu ne tiens plus debout.

— Mais le puzzle n'est pas fini, j'ai dit.

— Demain matin quand tu te lèveras, il sera fini, a dit maman. Papa va y travailler quand tu seras couché. Viens, mon poussin.

— C'est ça, c'est ça, a dit papa. Si on cesse de me déranger, je le finirai.

Maman m'a pris dans ses bras, je ne voulais pas y aller, et puis je me suis endormi avant qu'elle éteigne la lumière de ma chambre.

Quand je me suis levé, ce matin, le puzzle était toujours sur la table de la salle à manger ; il avait un peu avancé, mais il en manquait encore beaucoup pour qu'il soit terminé. Nous avons pris le petit déjeuner dans le salon, et nous avons déjeuné dans la cuisine.

Mais nous finirons le puzzle sûrement avant ce soir. Papa a dit qu'il allait revenir plus tôt du bureau, et qu'on allait y travailler sérieusement tous les trois.

Parce qu'il y a des invités ce soir, et maman a absolument besoin de la table pour le dîner.

Le tas de sable

Quand nous sommes descendus pour la récré, nous avons vu dans un coin de la cour de l'école un gros tas de sable.

— C'est quoi, ce tas de sable, hein, dites, M'sieur, hein ? a demandé Geoffroy au Bouillon, qui est notre surveillant, mais ce n'est pas son vrai nom et un jour je vous raconterai pourquoi on l'appelle comme ça.

— Ce sont des ouvriers qui viennent d'amener ce tas de sable, a répondu le Bouillon. C'est pour les travaux qu'ils vont commencer dans la buanderie.

— On peut y aller jouer, sur le tas de sable, M'sieur ? On peut ? a demandé Rufus.

Le Bouillon a réfléchi, il s'est gratté le nez, et il a dit :

— Bon, mais soyez sages. Et n'oubliez pas que je suis responsable de ce tas de sable.

On a été très contents et nous sommes allés en courant vers le tas de sable. Même Agnan est venu avec nous : Agnan, c'est le premier de la classe et le chouchou de la maîtresse, et, en général, à la récré, il ne joue pas avec nous, il repasse ses leçons.

— On va faire un château, a dit Joachim, je suis terrible pour les châteaux. Pendant les vacances, à la plage, il y a eu un concours et j'aurais pu avoir le prix, si j'avais voulu. Parfaitement.

— Tu nous embêtes avec tes châteaux, a dit Maixent, ce qui est amusant, c'est de faire des trous. On va faire un gros, gros trou, comme celui dans lequel papa est tombé l'été dernier.

— Non, a dit Eudes, on va faire un chemin, avec des tunnels, et on jouera avec des petites autos. C'est ça qui est rigolo.

— Et si on faisait des pâtés ? j'ai demandé.

— Et avec quoi tu vas les faire, tes pâtés, imbécile ? m'a demandé Eudes.

Et moi j'ai reculé très vite, parce que Eudes est très fort et il aime bien donner des coups de poing sur le nez des copains, et moi je suis un peu copain de Eudes. Mais en reculant, j'ai cogné sur Alceste, et quand on cogne sur Alceste, il y a toujours quelque chose à manger qui tombe, et là, ça n'a pas raté : sa tartine est tombée sur le sable du côté du beurre.

— C'est gagné, a crié Alceste, bravo !

Et il m'a poussé, parce qu'avec les tartines d'Alceste, il ne faut pas rigoler, surtout les beurrées.

— Dites les gars, a dit Geoffroy, si on commence à se disputer et à faire les guignols, le Bouillon va nous empêcher de jouer sur le tas de sable. Et puis après tout, le tas de sable est assez grand pour tout le monde !

Il avait raison, Geoffroy, alors Alceste est parti sur un coin du tas de sable, où il s'est mis à bouder et à essuyer avec sa manche le beurre de sa tartine.

Maixent et Geoffroy ont commencé à faire un trou, en creusant vite, vite, avec leurs mains, pendant que Joachim et Rufus se sont mis à leur château.

— On va faire un mur tout autour, avec une tour à chaque coin, et une maison à l'intérieur pour les gens qui habitent dans le château, tu sais ? expliquait Joachim à Rufus.

Clotaire et Eudes travaillaient à leur route avec des tunnels, moi, j'essayais de faire des pâtés avec ma chaussure droite, ça ne marchait pas très bien, et Agnan, il nous regardait. C'était très chouette.

— Eh ! a crié Joachim, cessez de jeter le sable de votre sale trou sur mon château !

— Ouais, a dit Rufus, faites un trou si vous voulez, mais laissez le sable dedans !

— Château ? Quel château ? a demandé Geoffroy, vous appelez ça un château ? Vous me faites rigoler, on dirait un plat de purée.

— Mon château est plus beau que votre trou, a répondu Rufus.

— Depuis quand c'est ton château ? lui a demandé Joachim. C'est moi qui ai eu l'idée de le faire, le château, c'est moi qui aurais eu le prix à la plage, si j'avais voulu. Toi, t'es là pour m'aider, c'est tout.

Alors, Rufus a donné un grand coup de pied dans le château.

— Voilà ce que j'en fais de ton plat de purée ! il a dit, et Geoffroy s'est mis à rire, alors Joachim, il a été très fâché et il s'est mis à pousser du sable dans le trou qu'avaient creusé Maixent et Geoffroy, et Agnan s'est mis à crier : « Arrêtez ! Arrêtez ! Mes lunettes sont tombées dans le trou ! » Mais personne ne faisait attention à lui.

Geoffroy a commencé à donner des claques à Joachim qui lui donnait des coups de pied, pendant que Maixent se remettait à creuser le trou, aidé par Agnan qui voulait retrouver ses lunettes, et que Rufus remuait beaucoup de sable en disant :

— Je vais faire un chouette château, tout plein de tours partout, vous allez voir !

— Sors ton château de là ! a dit Eudes. Tu vois pas qu'il est sur ma route ?

— Je m'en fiche, de ta route, a dit Rufus.

Alors Eudes a pris plein de sable dans ses mains, et il a tout jeté à la figure de Rufus.

— Nicolas ! a crié Clotaire, avec tes pâtés, tu viens de faire écrouler mon tunnel. Tu veux une baffe ?

Et moi j'ai donné un grand coup sur la tête de Clotaire avec ma chaussure droite, mais il n'y avait pas mon pied dedans, bien sûr. Et puis, les grands sont venus.

C'est toujours la même chose ; chaque fois qu'on s'amuse bien tranquillement entre nous, les grands viennent pour nous embêter.

— Eh, les mômes, a dit un des grands, qu'est-ce que vous faites là ?

— Mais c'est un tas de sable ! a dit un autre grand.

— Sensass, a dit un gros, on va rigoler, si on prenait du sable pour l'emmener en classe et faire une blague à Bibi ?

Bibi, c'est M. de Préfleury, leur professeur de géographie.

— Ouais, a dit un autre, ça c'est une bonne idée, Bob ! Allez les mômes, tirez-vous de là.

— Pas du tout, a dit Eudes, on était là avant vous. Le tas de sable, il est à nous, c'est le Bouillon qui nous l'a donné. Si vous voulez un tas de sable, allez vous en chercher un autre.

— Tu veux une fessée, microbe ? a demandé le grand, et Eudes lui a donné un grand coup de pied dans la jambe, et le grand a pris sa jambe avec ses deux mains et il s'est mis à sauter en pleurant.

— Pas sur mon château, pas sur mon château ! a crié Joachim qui s'était remis au travail et c'est vrai que ça ressemblait à un plat de purée.

Moi, je crois qu'il n'aurait pas pu avoir le prix à la plage. Même s'il avait voulu.

— Allez, les gars, on les vire ! a crié un des grands.

Et là, ça a été terrible, parce que tout le monde a commencé à se battre en se jetant du sable à la figure.

— Ne me touchez pas, ne me touchez pas ! criait Agnan. Je cherche mes lunettes et je m'en vais.

Mais je crois que le plus furieux de tous, c'était Alceste, parce que la tartine qu'il avait terminé de

nettoyer était retombée sur le sable, toujours du côté du beurre. Je ne l'ai jamais vu comme ça, Alceste : il était rouge et il mordait la jambe d'un grand qui était en train de gifler Clotaire, qui lui envoyait du sable dans les yeux, pendant qu'un autre grand jetait ma chaussure droite loin du tas de sable.

On rigolait drôlement, quand le Bouillon est arrivé en courant.

— Qu'est-ce que ça veut dire ? il a crié. Arrêtez immédiatement ! Tout le monde en rang ! Sortez du tas de sable ! Vous n'avez pas honte ? Je vous avais dit que j'avais la responsabilité de ce tas de sable ! Regardez-moi bien dans les yeux, tous ! Vous serez punis ! Allez ! En rang !

Alors, on a vu qu'il ne fallait pas faire les guignols et nous sommes tous partis du tas de sable pour aller nous mettre en rang.

Parce qu'il n'était pas content, le Bouillon ! C'est vrai, il y avait du sable partout : sur la cour, dans nos poches, dans nos chaussures et sur nos figures. Le seul endroit où il n'y avait plus de sable, c'était sur le tas.

Le pique-nique

Aujourd'hui, on va rigoler. Nous partons en pique-nique avec M. et Mme Blédurt. M. Blédurt, c'est notre voisin : il aime bien taquiner papa et souvent ils se battent pour rire, papa et lui. Mme Blédurt, c'est la femme de M. Blédurt ; elle est très gentille et elle aide maman à séparer papa et M. Blédurt.

C'est hier que M. Blédurt est venu nous voir dans le jardin où j'arrosais le gazon et papa me disait comment il fallait faire. Quand M. Blédurt est arrivé, papa ne s'est pas levé de son transat ; il a demandé : « Qu'est-ce que tu veux encore ? », et M. Blédurt lui a répondu : « Si nous partions en pique-nique demain ? » Moi, j'ai trouvé que c'était une très bonne idée et j'ai battu des mains en criant : « Oh oui ! ; oh oui ! » Comme je n'avais pas lâché le tuyau d'arrosage, j'ai mouillé papa et M. Blédurt.

— Ça commence bien, a dit papa ; avec toi, Blédurt, je n'irais pas jusqu'au coin de la rue ; à quoi bon gâcher une journée ?

— Tu n'as qu'à pas venir, a dit M. Blédurt ; j'emmènerai ta pauvre femme et ton malheureux enfant qui est si pâlot.

Papa a dit « Ah ! oui ? » et M. Blédurt a répondu : « Oui. » Alors, ils se sont poussés l'un l'autre, comme ils font d'habitude, et maman et Mme Blédurt sont venues. Comme tout le monde était là, on a décidé que c'était une vraiment bonne idée de partir en pique-nique. Papa, il boudait bien un peu, mais ça n'a pas duré longtemps, parce que je sais que papa aime bien les pique-niques. Finalement, il a dit : « Bon, d'accord » et moi, j'ai encore battu des mains et maman m'a dit de lâcher le tuyau d'arrosage et elle s'est plainte que sa mise en plis était fichue.

Après, papa et M. Blédurt se sont mis à discuter au sujet des autos. M. Blédurt voulait qu'on aille tous dans sa voiture qui était plus confortable que celle de papa. Papa a répondu que l'auto de M. Blédurt était un tas de ferraille rouillée et qu'à 20 à l'heure, elle ne tenait plus la route, et qu'elle n'arriverait pas à 20 à l'heure parce qu'elle tomberait en panne avant. M. Blédurt a répondu à papa que papa conduisait comme un pied, et papa lui a dit que le pied il allait le voir de près, et maman et Mme Blédurt ont dit qu'on prendrait les deux autos et tout le monde était très content.

Maman et Mme Blédurt se sont mises d'accord sur les choses qu'elles feraient pour manger, et papa et M. Blédurt ont décidé qu'on se lèverait à 5 heures du matin et qu'on partirait à 6 heures. Moi, je leur ai dit que je trouvais que c'était quand même un peu tôt, mais papa m'a fait les gros yeux et il m'a dit de ne pas me mêler des conversations des grandes personnes. Et puis les Blédurt sont retournés chez eux pour se préparer pour demain matin.

Pendant que maman était dans la cuisine en train de faire des tas et des tas d'œufs durs et de sandwiches, moi, je suis allé chercher dans ma chambre et dans le grenier les choses dont j'aurai besoin. J'ai commencé par prendre les deux ballons de football, le bon et le crevé qui me sert pour m'entraîner. J'ai pris aussi les trois vieilles balles de tennis, on ne sait jamais. Dans l'armoire, j'ai trouvé mon bateau à voiles dont je ne me sers pas depuis longtemps, parce qu'il n'a plus de voiles, mais je m'arrangerai toujours. Sous le lit, j'ai trouvé ma pelle et mon seau pour faire des pâtés de boue ; il n'y a pas de sable au bord de la rivière où on va, mais la boue c'est plus amusant parce qu'il y a des vers dedans. Avec la pelle, j'ai fait tomber ce qui était au-dessus de l'armoire pour voir si je trouvais des choses intéressantes. Il y avait trois petites voitures et un camion avec l'arrière qui bascule : ce sera bien pour transporter les vers. J'ai encore pris le jeu de dames ; comme ça, s'il pleut, on pourra s'amuser dans la voiture.

Comme maman n'aime pas que je laisse ma chambre en désordre, j'ai poussé avec la pelle tout ce dont je n'avais pas besoin sous l'armoire et sous le lit. C'était impeccable ; maman sera contente.

J'ai dû faire plusieurs voyages pour descendre tout ça dans le salon, et après, il a fallu que je monte jusqu'au grenier pour chercher mon vélo qui a une roue faussée, mais papa l'arrangera très bien. Il me l'a promis quand il a faussé la roue en faisant le guignol sur mon vélo pour faire rire M. Blédurt, la semaine dernière, et M. Blédurt ne riait pas, sauf quand papa est tombé, mais c'est la roue qui a tout pris.

J'arrivais dans le salon avec mon vélo, quand maman

est entrée en venant de la cuisine. Elle a regardé mes affaires, elle a ouvert des yeux tout ronds et elle s'est mise à crier en me demandant qu'est-ce que c'était que ce fouillis et que je remonte bien vite remettre tout ça à sa place, sinon elle jetterait le tout dans la poubelle. J'ai expliqué que j'avais besoin de ces affaires pour le pique-nique, alors maman a dit : « Voilà ton père qui arrive, on va voir ce qu'il en pense ! » Mais quand papa est entré, maman s'est arrêtée de parler et pourtant elle avait la bouche grande ouverte. Il faut bien dire que papa, on ne le voyait presque pas, sous le filet à crevettes, les trois cannes à pêche, les bottes en caoutchouc, la raquette de tennis, le gros panier pour mettre les petits poissons, l'appareil de photo et les deux transats.

Maman est repartie vers la cuisine en levant les bras au plafond. Papa l'a regardée partir et il m'a demandé : « Qu'est-ce qu'elle a, ta mère ? » Et il a déposé ses choses à côté des miennes sur le tapis du salon ; il faut dire que ça faisait un drôle de tas.

On s'est couchés de bonne heure, parce que papa nous a prévenus que le réveil à cinq heures, c'était sérieux et que ceux qui ne seraient pas prêts, c'était tant pis pour eux, ils n'iraient pas au pique-nique.

Moi, j'ai très peu dormi, parce que j'étais impatient de partir pour le pique-nique, et puis aussi, après ce que m'avait dit papa, j'avais peur de rater le départ. Quand j'ai entendu sonner 5 heures à l'horloge qui est dans la salle à manger, je me suis levé en vitesse et j'ai couru dans la chambre de papa et maman. « Je suis prêt ! », j'ai crié.

Papa, il a fait un saut formidable dans son lit. Il s'est redressé et il a fait avec une drôle de voix : « Qui ? Où ? Pourquoi ? Le feu ? » Et puis il a ouvert les yeux et il m'a regardé entre ses cheveux qui lui tombaient sur la figure et je lui ai expliqué qu'il était 5 heures et qu'on pouvait partir. Papa, il a laissé tomber sa tête sur l'oreiller, il a refermé les yeux et il a dit : « Plus tard, encore cinq minutes, on a le temps, c'est pas pressé », et il a recommencé à dormir. Mais moi, je l'ai secoué, je ne voulais pas qu'il rate le départ ! Ce serait embêtant, c'est lui qui conduit. J'ai allumé la lumière, et maman s'est levée, et elle m'a dit que j'aille faire ma toilette, que je ne m'inquiète pas, qu'elle s'occuperait de papa.

Quand papa a sorti la voiture du garage, M. Blédurt venait de sortir la sienne. Ils n'avaient pas l'air en bonne santé tous les deux. Ils ne riaient pas et ils avaient les yeux tout bouffis. Maman et Mme Blédurt, quand elles ont vu ça, elles ont commencé à charger elles-mêmes les autos. Ça, ça a réveillé papa et M. Blédurt. « Attention, criait papa, mes cannes à pêche ! Tu vas tout casser ! Pas comme ça ! Ça va tomber ! » De son côté, M. Blédurt disait à Mme Blédurt qu'elle allait rayer son auto avec le fusil et qu'elle allait fausser le coffre. « Laissez faire les hommes, a dit papa, les femmes, ça casse tout dès que ça s'approche d'une voiture ! » « Ouais ! » a dit M. Blédurt, qui pour une fois était d'accord avec papa.

Finalement, on s'est installés dans les autos.

— Je passe le premier, a crié M. Blédurt de sa voiture, je connais la route, moi !

— Pas question, a dit papa, je n'ai pas envie de me traîner derrière ton engin, à respirer l'huile bon marché que tu mets dedans !

— Ah ! Oui ? a crié M. Blédurt.

— Oui ! a répondu papa.

C'est dommage qu'on n'ait pas pu y aller, à ce fameux pique-nique, parce qu'en démarrant tous les deux en même temps, papa et M. Blédurt se sont rentrés dedans et la réparation des autos, ça va bien prendre une semaine.

Le Bouillon n'aime
pas la glace

Aujourd'hui, quand nous sommes descendus à la récré, nous avons entendu une petite cloche, ding, ding, qui sonnait dans la rue. Alors, nous avons tous couru vers la grille, parce qu'entre la cour et la rue, il y a une grille et, sur la grille, ils ont mis des grands morceaux de fer noir, pour que les gens ne puissent pas voir ce que nous faisons. Nous avons tous grimpé à la grille, et nous avons vu que dehors, il y avait un marchand de glaces avec sa petite voiture blanche.

— Hep ! a dit Geoffroy, c'est combien vos glaces ?

— J'ai le cornet, le double cornet, le triple cornet, la petite tasse et la grande tasse, a répondu le marchand de glaces.

Et quand il nous a dit les prix, Rufus a demandé combien coûtait le demi-cornet. Mais on n'a pas eu le temps d'entendre la réponse, parce que le Bouillon — c'est notre surveillant — est arrivé en courant.

— Voulez-vous descendre tout de suite de cette grille ? il a crié le Bouillon. Vous savez bien qu'il est interdit d'y grimper.

Alors, Clotaire — ce qu'il peut être bête, celui-là — lui a expliqué qu'il y avait le marchand de glaces.

— Le marchand de glaces ? a dit le Bouillon. Il est défendu de manger des glaces dans l'école ; vous en achèterez en sortant, si vos parents vous le permettent, mais pas ici. C'est compris ?

Ding, ding a fait la petite cloche du marchand de glaces, dans la rue. Alors, le Bouillon a grimpé à la grille et il a dit au marchand de glaces de partir.

— Non, mais sans blague, on a entendu dire le marchand de glaces. Je resterai ici si je veux ! Vous n'avez pas le droit de me faire partir ; pour qui vous prenez-vous ?

— Pour la dernière fois, je vous somme de circuler ! a crié le Bouillon.

— Et si je ne pars pas, a demandé le marchand de glaces, qu'est-ce que vous allez me faire ? Vous allez me mettre en retenue ? Vous savez, je les connais, moi, les surveillants ! Ils ne me font pas peur !

Le Bouillon est descendu de la grille ; il était tout rouge et pas content.

— Regardez-moi bien dans les yeux, vous tous, il nous a dit, le Bouillon. Je ne le répéterai pas deux fois : il est formellement interdit de grimper à la grille et de manger des glaces pendant la récréation ! C'est M. le directeur lui-même qui l'a dit. Alors, si j'en attrape un à désobéir, il s'en souviendra ! À bon entendeur, salut ! Et maintenant, allez jouer ailleurs.

Et le Bouillon s'est mis à marcher le long de la grille, et dehors de temps en temps, on entendait ding, ding, et le marchand de glaces qui criait : « À la bonne crème glacée ! À la bonne glace ! Oh, là là ! Qu'elles sont bonnes, mes glaces ! » et ça, ça avait l'air de le mettre

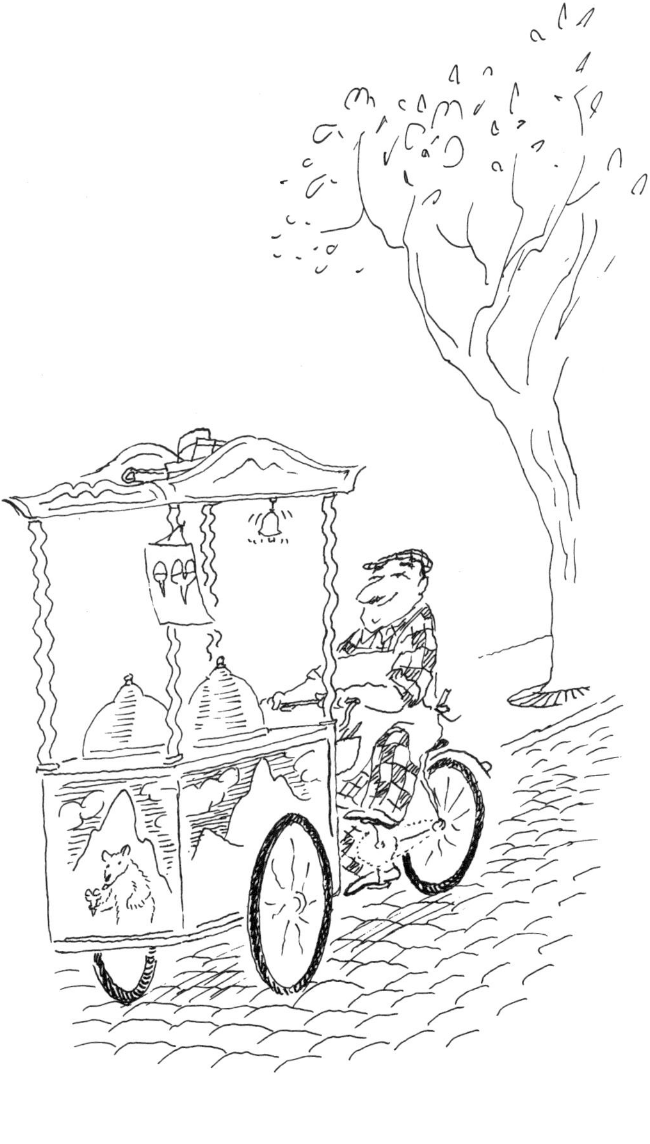

encore plus en colère, le Bouillon ; je n'ai jamais vu quelqu'un aimer aussi peu les glaces.

— Bah ! a dit Eudes, après tout, je n'en ai pas tellement envie, d'une glace.

— Moi, si, a dit Alceste. Une glace, c'est un dessert terrible ! Et il a fait un gros soupir, en commençant à manger sa deuxième tartine au fromage.

— Et puis, elles sont trop chères, les glaces, a dit Joachim ; moi, je n'ai pas assez d'argent pour me payer un cornet.

— Moi, a dit Geoffroy, j'ai de quoi payer quatre cornets. Et des doubles.

— Chic ! a dit Maixent, alors tout est arrangé !

— Qu'est-ce qui est arrangé ? a demandé Geoffroy.

— Ben, pour les glaces, a répondu Maixent. Comme tu as de quoi en acheter quatre, il y en aura une pour toi, une pour moi, qui suis ton meilleur copain, et les deux autres, on pourra les manger à la dernière récré.

— Ah oui, a dit Joachim. Et pourquoi je n'en aurais pas une glace, moi ? Moi aussi, je suis le meilleur copain de Geoffroy.

— Non, monsieur, j'ai dit. Le meilleur copain de Geoffroy, c'est moi !

— Ne me fais pas rigoler, a dit Rufus. Geoffroy sait très bien qu'il n'a qu'un seul copain dans l'école, et que ce copain, c'est moi !

— Toi ? a crié Eudes. Mais, il ne peut pas te voir, Geoffroy ! Non, le meilleur copain de Geoffroy, c'est moi, puisque nous sommes assis sur le même banc, en classe.

— Alors, a demandé Rufus, quand tu prends l'autobus, celui qui s'assoit à côté de toi, c'est ton meilleur copain ?

— Tu veux mon poing sur le nez ? a demandé Eudes. Comme ça on verra qui est le meilleur copain de Geoffroy.

— Vous me faites bien rigoler, a dit Geoffroy. Si j'achète quatre doubles cornets, je mange quatre doubles cornets. J'ai pas de raison d'en donner à des minables. Si vous voulez des glaces, vous n'avez qu'à demander des sous à vos papas !

Alors, Eudes a donné un coup de poing sur le nez de Geoffroy, et Geoffroy, ça ne lui a pas plu, et ils ont commencé à se battre, et tous on était pour Eudes contre ce sale égoïste de Geoffroy que personne ne peut voir, c'est vrai, quoi à la fin ! Et puis, le Bouillon est arrivé en courant.

— Qu'est-ce qui se passe ici ? a demandé le Bouillon.

— C'est eux ! a crié Geoffroy. Ils veulent prendre mes glaces !

— C'est pas vrai ! a crié Eudes. C'est ce sale égoïste qui a quatre doubles cornets, et qui ne veut pas en donner à ses meilleurs copains !

— Quatre doubles cornets ? a demandé le Bouillon, en regardant la grille et puis en nous regardant, nous. Vous avez acheté quatre doubles cornets ? Où sont ces glaces ?

— Ben, non, on n'a pas de glaces, m'sieur, a dit Joachim, puisque c'est défendu, vous savez bien.

Le Bouillon s'est passé deux fois la main sur la figure, et il a pris Eudes et Geoffroy chacun par un bras.

— Je ne veux plus entendre parler de glaces ! Vous deux, au piquet !

Et le Bouillon est parti avec Eudes et Geoffroy, et dehors on a entendu ding, ding. Alors Alceste, qui avait la bouche encore pleine de sa dernière tartine, a sauté vers la grille et il a crié :

— Vite ! un cornet simple, vanille, pistache, fraise et framboise !

— Ne crache pas comme ça, on a entendu que lui répondait le marchand de glaces, et choisis un seul parfum. On ne panache pas dans les simples.

Alceste a réfléchi, et puis il a choisi chocolat, et nous on était tous là à le regarder, et puis on a vu la main du marchand de glaces au-dessus de la grille avec un cornet de glace au chocolat. Mais ce n'est pas Alceste qui l'a pris, c'est le Bouillon.

— Aha ! a crié le Bouillon, tout content. Je vous attrape ! Vous pensiez que je ne surveillais pas de là-bas, hein ? Mais il faut se lever de bonne heure, pour m'avoir, moi ! Allons, marchez au piquet !

— Eh ! Mon argent ! a crié le marchand de l'autre côté de la grille.

Le Bouillon est parti en tenant le cornet d'une main et Alceste de l'autre ; on a entendu ding, ding, ding, ding, comme ça, un tas de fois. Et puis, après un petit moment, on a vu entrer dans la cour le marchand de glaces, drôlement furieux !

— Qu'est-ce que vous faites ici ? a crié le Bouillon. Sortez immédiatement, si vous ne voulez pas que j'appelle la police !

— La police ? a crié le marchand de glaces. C'est moi qui vais l'appeler, oui ! Payez-moi ma glace ! Et vite ! Il faut que j'arrive à l'autre école à temps pour la deuxième récré !

Et puis le directeur est arrivé.

— Qu'est-ce que c'est que ce tapage ? a demandé le directeur.

— C'est votre surveillant, là ! a crié le marchand de glaces. Il interdit aux malheureux enfants de manger des glaces, mais lui il ne s'en prive pas, et il refuse de payer !

— Je mange des glaces, moi ? a demandé le Bouillon.

— Ce culot ! Il tient encore le cornet, il a du chocolat jusqu'au coude, et il dit qu'il ne mange pas de glaces ! a crié le marchand de glaces. Non, mais ce culot !

— Payez cet homme, M. Dubon, a dit le directeur.

— Mais, mais… a dit le Bouillon.

— Payez cet homme, a dit de nouveau le directeur. Je n'ai pas le temps de vous parler directement, mais vous viendrez me voir à la direction cet après-midi. Nous réglerons cette affaire.

Et le directeur est parti.

Le plus terrible, c'est que la glace, personne ne l'a mangée ; le Bouillon a jeté le cornet par terre, et il a sauté dessus plusieurs fois avec les deux pieds.

Non, vraiment, je n'ai jamais vu quelqu'un aimer aussi peu les glaces que le Bouillon.

Je fais des courses

Maman m'a appelé et elle m'a dit : « Nicolas, sois gentil et va me chercher, chez l'épicier, deux boîtes de petits pois fins, comme je lui en ai acheté la semaine dernière, un paquet de café, il sait lequel, et deux livres de farine. »

Moi, j'étais content, parce que j'aime bien rendre service à ma maman et aussi, ça me plaît d'aller chez l'épicier, M. Compani, qui est très gentil et qui me donne toujours des biscuits, les cassés qui restent au fond des boîtes, mais qui sont rudement bons. Je suis donc parti, après que maman m'ait donné des sous et qu'elle m'ait dit de faire vite et de ne pas me tromper pour la commande.

Dans la rue, je me disais, pour ne pas oublier : « Deux boîtes de petits pois fins, comme maman en a acheté la semaine dernière, un paquet de farine, il sait laquelle, et deux livres de café… » Tout d'un coup, j'ai entendu qu'on m'appelait : « Nicolas ! Nicolas ! » Je me suis retourné et qui je vois ? Je vois Clotaire sur un vélo tout neuf. Clotaire est un de mes camarades de classe qui habite tout près de chez moi. Il est gentil, Clotaire, mais il n'a pas beaucoup de chance à l'école, il est toujours le dernier de la classe. C'est pour ça que j'ai été étonné qu'il ait un vélo. Surtout, quand il m'a dit que son papa lui avait fait cadeau du vélo pour sa composition d'arithmétique. Mais Clotaire m'a rappelé qu'il avait eu 3 à la composition, ce qui était beaucoup mieux que la dernière fois. C'est d'ailleurs la meilleure note qu'il ait jamais eue en composition d'arithmétique. Et, mieux encore, il n'était pas le dernier, mais l'avant-dernier. Le dernier, c'est un nouveau dans la classe qui a copié sur Clotaire.

Il est chouette le vélo de Clotaire : il a un guidon de course et il est tout jaune. Clotaire m'a offert de faire un tour tout seul et puis, ensuite, moi je suis monté sur le guidon et puis lui, il a pédalé, après c'est moi qui ai pédalé et lui il était assis sur le porte-bagages. Je lui ai demandé à Clotaire comment ça se faisait qu'il y avait un porte-bagages sur son vélo de course et il m'a répondu que, justement, c'est pour ça que c'était un vélo de course ; le porte-bagages lui servait à faire des courses pour sa maman. Ça m'a rappelé alors que j'avais, moi aussi, des courses à faire et j'ai dit au revoir à Clotaire qui est reparti sur son vélo.

J'avais peur d'avoir oublié ce que j'avais à acheter, alors, je me suis répété tout bas : « Une boîte de petits

pois fins, deux paquets de café, comme maman en a acheté la semaine dernière, et deux livres de farine, il sait laquelle. » C'est un bon truc de se répéter tout le temps des choses, pour ne pas les oublier.

Au coin de la rue, il y avait une auto arrêtée et un monsieur en train de changer une roue, parce que le pneu était crevé. J'ai regardé et j'ai demandé au monsieur si son pneu était crevé. Il m'a dit que oui, mais il n'avait pas l'air d'avoir tellement envie de parler. Je sais que papa, dans ces cas-là, n'aime pas beaucoup parler non plus. Alors, je me suis mis derrière le monsieur et j'ai regardé sans rien dire, pour ne pas le gêner. Je trouvais pourtant que le monsieur il ne le mettait pas bien, son cric, qu'il était de travers. Le monsieur ne s'en rendait pas compte, il se tournait vers moi, chaque fois, je me demande pourquoi. C'est fou ce que les gens sont curieux, comme dit maman. Et puis, tout d'un coup : boum ! le cric a glissé et la voiture est retombée, avec la roue de travers. Du coffre de l'auto, il y a un tas de bouteilles qui sont tombées dans le ruisseau et qui se sont cassées. Là, je me suis dit que quand même, il valait mieux prévenir le monsieur. « Faites attention, je lui ai dit, avec tout ce verre cassé, vous risquez de crever de nouveau ! »

Le monsieur, qui me regardait pourtant tout le temps quand je ne lui parlais pas, là, il m'a parlé sans me regarder. Je ne voyais que le dos de sa tête qui était devenu tout rouge. « Tu n'as rien d'autre à faire que de rester ici ? », il m'a demandé. Alors, je suis parti en courant, parce que je me suis rappelé que je devais acheter deux paquets de café comme maman en a acheté la semaine dernière et deux livres de petits pois fins, il sait lesquels. Deux et deux, c'est facile à se rappeler. Moi, je trouve toujours des systèmes comme ça pour ne pas oublier. J'allais traverser la rue, en faisant bien attention de ne pas me faire écraser, quand j'ai rencontré M. Blédurt, notre voisin. « Mais c'est le petit Nicolas, qu'il a dit, M. Blédurt, comment ça va, bonhomme ? » Et puis il m'a pris la main, en me disant que j'étais trop petit pour traverser tout seul et que mon papa et ma maman étaient bien imprudents de me laisser traverser les rues. Comme M. Blédurt me parlait en traversant, il n'a pas vu le gros camion qui a dû donner un coup de frein et se mettre en travers de la rue, pour nous éviter. M. Blédurt a fait un bond terrible et, comme il me tenait la main, il a fallu que je suive.

Le chauffeur du camion a sorti la tête par la portière et a demandé à M. Blédurt s'il n'était pas fou. M. Blédurt a répondu au chauffeur que quand on ne sait pas conduire, on fait de la dentelle, que c'était moins dangereux pour les autres. Alors, le chauffeur a dit qu'il était prêt à suivre ce conseil et qu'il allait commencer par faire de la dentelle avec les oreilles de M. Blédurt, ce qui m'a fait rigoler parce que c'est une drôle d'idée. Mais M. Blédurt, ça ne l'a pas fait rigoler. Il a dit au chauffeur de descendre s'il était un homme. Le chauffeur est descendu de son camion. M. Blédurt savait, bien sûr, que le chauffeur était un homme, mais je ne crois pas qu'il savait que c'était un homme aussi grand. Moi, en tout cas, j'ai été surpris. M. Blédurt a commencé à reculer à petits pas en disant « Ça va, ça va, ça va », et puis il a buté des talons contre les bords du trottoir et il est tombé assis. Le chauffeur l'a relevé par les revers de sa veste et il a dit à M. Blédurt que quand on a de la confiture dans les yeux, on ne traverse pas les rues. C'est ça qui m'a rappelé que j'avais encore des courses à faire. J'aurais voulu voir la fin de la discussion entre le chauffeur et M. Blédurt, mais je suis parti en courant pour aller chercher les deux boîtes de confiture, comme maman en a acheté la semaine dernière.

J'étais maintenant tout près de l'épicerie de M. Compani, ce n'était plus la peine de se presser, et ça tombait bien, parce que j'ai vu Alceste. Alceste, c'est mon ami, celui qui est gros et qui mange tout le temps. Alceste était à la fenêtre de sa maison. Il habite entre l'épicerie et la charcuterie, ce qui lui plaît beaucoup, et, en plus, derrière chez lui, il y a un restaurant, alors, quand le vent souffle du bon côté, il y a plein d'odeurs de cuisine. Au fond, c'est peut-être pour ça qu'Alceste a toujours faim.

Alceste m'a dit de monter chez lui, parce que sa maman avait acheté un livre formidable avec des images en couleur. Je suis donc entré chez Alceste, et là, j'ai été un peu déçu. Son fameux livre, c'était un livre de cuisine, mais comme Alceste avait l'air de l'aimer beaucoup, ce livre, je ne lui ai rien dit et j'ai même fait semblant de m'intéresser à toutes ces histoires de demi-poularde en deuil, de pommes soufflées et de brochet mousseline. Alceste, il me montrait du doigt les images et il avalait de la salive. Moi, je voulais partir, mais Alceste me montrait chaque fois autre chose. Heureusement, nous sommes arrivés à la fin du livre, là où on explique comment on fait le zabaglione qui est un dessert qui n'a pas l'air mal du tout. Mais le temps avait passé et je me suis dit que maman ne serait pas contente, alors, j'ai vite dit au revoir à Alceste qui ne m'a pas entendu, parce qu'il recommençait le livre à partir de la première page.

Je suis entré chez M. Compani, dans l'épicerie, où, heureusement, je n'ai pas eu à attendre, il n'y avait pas d'autres clients. Il faut dire qu'il était un peu tard.

Mais là, impossible de me rappeler ce que je devais demander à M. Compani. Je me souvenais seulement que c'était quelque chose comme maman en avait acheté la semaine dernière. Alceste m'avait embrouillé avec toutes ses histoires de cuisine.

Heureusement, M. Compani, qui a de la mémoire, s'est souvenu que maman lui avait acheté deux paquets de savon de lessive. Je suis parti en courant avec mes paquets et je ne me suis même pas arrêté pour regarder le monsieur qui changeait la roue de sa voiture. Ce n'était pas la même roue, d'ailleurs. Il avait dû crever sur les bouteilles cassées, comme je le lui avais dit.

Maman n'était pas contente, elle m'a grondé parce que j'étais très en retard, il faut dire que pour ça, elle avait raison. Mais là où je ne suis pas d'accord, c'est quand maman m'a dit qu'elle n'avait pas besoin des deux paquets de lessive.

Ce n'est tout de même pas de ma faute si elle a changé d'avis !

La corrida

Quand nous sommes descendus à la récré, on se demandait à quoi on allait pouvoir jouer, puisque le ballon de foot d'Alceste est confisqué jusqu'à la fin du trimestre.

— Si on jouait à la corrida ? a proposé Geoffroy.

— C'est quoi, ça ? a demandé Alceste.

Et Geoffroy lui a expliqué qu'il avait vu un film terrible, qui se passait en Espagne et que c'était formidable. La corrida, ça se jouait dans un stade, comme le foot, et il y avait un taureau et des toréadors drôlement bien habillés et que les toréadors ils agitaient des linges rouges, et le taureau courait contre les linges parce que ça l'énervait qu'on lui agite des trucs rouges devant la figure, et puis qu'après, le toréador chef il sortait une épée et il tuait le taureau et tout le monde se levait dans le stade, et tous criaient, contents comme tout. Moi aussi, j'avais vu un film qui se passait en Espagne et j'ai dit que c'était une chouette idée de jouer aux toréadors.

— Mais puisqu'on n'a pas de ballon ! a dit Alceste.

— Imbécile, a dit Geoffroy. On n'a pas besoin de

ballon ! Puisque je te dis que ça se joue avec un taureau !

— Qui est un imbécile ? a demandé Alceste.

— Toi, a répondu Geoffroy.

— Bon, a dit Alceste. Dès que je finis de manger
mes tartines, tu vas voir.

Parce que, je ne sais pas si je vous l'ai dit, mais
Alceste c'est un copain très gros qui mange tout le temps
et qui apporte toujours des tas de tartines à la récré. Et
il ne se bat jamais avant d'avoir fini ses tartines.

— C'est où, l'Espagne ? a demandé Clotaire.

Et ça, ça nous a bien fait rigoler, parce que Clotaire,
qui est le dernier de la classe, ne sait jamais rien de
rien, et pourtant il a la télé chez lui ! On lui a expliqué
que l'Espagne, c'était le morceau de pays qui se trouvait juste en dessous de la France, sur la carte. Clotaire,
il était vexé qu'on rigole.

— Je sais peut-être pas où est l'Espagne, il a dit,
mais j'ai vu un taureau, quand j'étais en vacances.
Même qu'il ne fallait pas entrer dans le pré quand il
était là, parce qu'il était drôlement méchant. Mais,
moi, j'avais pas peur.

— Bon, a dit Geoffroy. Alors, tu seras le taureau.
Moi, bien sûr, je serai le toréador chef, et je serai
habillé avec un chouette costume, avec plein d'or dessus
qui brille, et un pantalon serré qui s'arrête aux genoux et
des bas blancs. Et je serai très grand et très mince.

Comme c'était Geoffroy qui avait eu l'idée de la
corrida, nous on n'a pas protesté.

— Moi, je serai l'arbitre, a dit Joachim.

— T'es pas un peu fou, non ? a dit Rufus. L'arbitre, ce sera moi, parce que c'est moi qui ai le sifflet !

Et c'est vrai, ça ! Le papa de Rufus, qui est agent
de police, lui a donné un de ses vieux sifflets à rou-

lette, et depuis, quand on joue, c'est toujours Rufus qui fait l'arbitre.

— C'est pas une raison ! a crié Joachim. C'est pas parce que tu as un sifflet que tu seras toujours l'arbitre. J'en ai assez, moi ! Et puis, d'ailleurs, écoute, je n'ai pas besoin de ton sale sifflet pour faire l'arbitre !

Et Joachim s'est mis à faire le sifflet à roulette en criant « Prrri, prrrri ! » très bien.

— Mais vous êtes bêtes ! a crié Geoffroy. Il n'y a pas d'arbitre ! Quand le toréador a tué le taureau, il a gagné, et puis, c'est tout !

— Alors, a dit Maixent, dès le début on sait qui va gagner ? C'est bête comme jeu ! Vous me faites bien rigoler, tiens !

— Et puis, j'ai dit à Geoffroy, si c'est toi le toréador chef, moi, qu'est-ce que je suis ?

— Toi, a dit Geoffroy, tu peux être le type qui est sur un cheval et qui se bat contre le taureau avec une lance. Il est moins bien habillé que le toréador chef, mais il est très important comme joueur.

— Je veux bien être le type sur le cheval avec la lance, j'ai dit, mais je ne marche pas pour être moins bien habillé que toi ! Non, mais sans blague !

Alors Geoffroy a dit que bon, que je pourrai être aussi bien habillé que lui, mais que c'était pas comme ça les vraies corridas. C'est vrai quoi, à la fin, parce que Geoffroy a un papa qui est très riche, il faut toujours qu'il soit mieux habillé que les autres !

— Et puis, je veux que mon cheval soit blanc ! j'ai dit.

— Moi, je veux bien être ton cheval blanc, a dit Eudes, qui est un bon copain, et comme il est très fort, il fait aussi un très bon cheval.

— Alors, moi, a dit Clotaire, je veux être blanc aussi !

— Mais non ! a crié Geoffroy. Toi, tu es le taureau, et le taureau est noir. Où est-ce que tu as vu un taureau blanc ? Il était blanc, le taureau avec qui tu étais en vacances ?

— Ah ! Bravo ! a dit Clotaire. Alors, Eudes, il peut être un cheval blanc, et moi, je dois être un taureau noir ? Eh bien, je ne marche pas ! Je peux être aussi blanc que n'importe quel imbécile !

— Tu veux mon poing sur le nez ? a demandé Eudes.

Et il est allé donner un coup de poing sur le nez de Clotaire, et comme moi j'étais déjà sur les épaules d'Eudes, j'ai failli tomber, et avec le doigt, comme si c'était un revolver, j'ai fait : « Pan ! Pan ! » sur Clotaire, qui donnait des coups de pied au cheval.

— Quoi, pan, pan ? a crié Geoffroy. Tu as une lance, imbécile ! T'es pas un cow-boy, tu es un toréador à cheval !

— Et si ça me plaît d'être un cow-boy ? j'ai crié.

Parce qu'il m'énerve, à la fin, Geoffroy, à vouloir commander tout le temps.

Et puis on a entendu un gros coup de sifflet : c'était Rufus, qui s'est mis à crier : « Penalty ! Penalty ! »

— Prrrri ! Prrrri ! criait Joachim. Non, monsieur ! Non, monsieur ! L'arbitre, c'est moi ! Prrrri !

Alors, Rufus a donné une baffe à Joachim, qui la lui a rendue, et puis moi je suis tombé de cheval parce que Eudes et Clotaire se roulaient par terre en se donnant des gifles, et comme Maixent s'est mis à rigoler, je lui ai donné une grosse claque. Geoffroy, lui, il s'est baissé et il a agité son mouchoir devant la figure de Clotaire, et il criait « Taureau ! Taureau ! ». Et je ne sais pas si un vrai taureau y serait allé, pas tellement parce que le mouchoir de Geoffroy n'était pas rouge, mais surtout parce qu'il était drôlement sale. Et puis Alceste s'est jeté sur Geoffroy en criant : « Alors, c'est qui l'imbécile ? » Et il a dû manger drôlement vite,

Alceste, parce que je n'aurais pas cru qu'il aurait été prêt si tôt.

On rigolait bien tous et puis M. Mouchabière est arrivé en courant. M. Mouchabière, c'est un de nos surveillants, et on n'a pas pu encore lui trouver un surnom rigolo.

— Bande de petits sauvages ! il criait, M. Mouchabière. C'est chaque fois la même chose ! Je commence à en avoir assez ! Vous serez tous punis ! Cessez de vous battre ! Allons ! Cessez ! Et allez vous mettre en rang ! J'ai déjà sonné la fin de la récréation !

Alors, nous, on est allés se mettre en rang, et Geoffroy était furieux.

— Avec vous, il a dit, on ne peut jamais jouer à des jeux intelligents. Vous êtes tous bêtes ! Tous !

Et ce n'est pas juste, ce qu'a dit Geoffroy ; la preuve, c'est qu'en marchant pour aller en classe, j'ai entendu le Bouillon — c'est un autre de nos surveillants — qui parlait avec M. Mouchabière :

— Alors, a demandé le Bouillon, ça s'est bien passé ?

— Une vraie corrida ! a répondu M. Mouchabière.

DES MÊMES AUTEURS

SEMPÉ

DES HAUTS ET DES BAS, 1970 (Folio n° 1971)

FACE À FACE, 1972 (Folio n° 2055)

LA GRANDE PANIQUE, 1972

BONJOUR, BONSOIR, 1974

L'ASCENSION SOCIALE DE MONSIEUR LAMBERT, 1975

SIMPLE QUESTION D'ÉQUILIBRE, 1977, 1992 (Folio n° 3123)

UN LÉGER DÉCALAGE, 1977 (Folio n° 1993)

LES MUSICIENS, 1979, 1996 (Folio n° 3306)

COMME PAR HASARD, 1981 (Folio n° 2088)

DE BON MATIN, 1983 (Folio n° 2135)

VAGUEMENT COMPÉTITIF, 1985 (Folio n° 2275)

LUXE, CALME ET VOLUPTÉ, 1987 (Folio n° 2535)

PAR AVION, 1989 (Folio n° 2370)

VACANCES, 1990

ÂMES SŒURS, 1991 (Folio n° 2735)

INSONDABLES MYSTÈRES, 1993 (Folio n° 2850)

RAOUL TABURIN, 1995 (Folio n° 3305)

GRANDS RÊVES, 1997

BEAU TEMPS, 1999

LE MONDE DE SEMPÉ, tome 1, 2002

MULTIPLES INTENTIONS, 2003 (Folio n° 5115)

LE MONDE DE SEMPÉ, tome 2, 2004

SENTIMENTS DISTINGUÉS, 2007

SEMPÉ À NEW YORK, 2009

ENFANCES, entretien avec Marc Lecarpentier, 2011

Aux Éditions Gallimard

CATHERINE CERTITUDE, texte de Patrick Modiano, 1988 (Folio n° 4298)

L'HISTOIRE DE MONSIEUR SOMMER, texte de Patrick Süskind, 1991 (Folio n° 4297)

UN PEU DE PARIS, 2001

UN PEU DE LA FRANCE, 2005

CORRESPONDANCE, 2011

RENÉ GOSCINNY

Aux Éditions Hachette

ASTÉRIX, 25 volumes, Goscinny & Uderzo (Dargaud 1961) 1999

Aux Éditions Albert René

ASTÉRIX, 9 albums, Uderzo (textes et dessins) sous la double signature Goscinny & Uderzo, 1980.

COMMENT OBÉLIX EST TOMBÉ DANS LA MARMITE DU DRUIDE QUAND IL ÉTAIT PETIT, Goscinny & Uderzo, 1989

ASTÉRIX ET LA RENTRÉE GAULOISE, Goscinny & Uderzo, 2004

ASTÉRIX ET LA SURPRISE DE CÉSAR, d'après le dessin animé tiré de l'œuvre de Goscinny & Uderzo, 1985

LE COUP DU MENHIR, (idem), 1989

ASTÉRIX ET LES INDIENS, (idem), 1995

OUMPAH-PAH, 3 volumes, Goscinny & Uderzo, (Le Lombard 1961), 1995

JEHAN PISTOLET, 4 volumes, Goscinny & Uderzo, (Lefrancq 1989), 1998

Aux Éditions Lefrancq

LUC JUNIOR, 2 volumes, Goscinny & Uderzo, 1989

BENJAMIN ET BENJAMINE, LES NAUFRAGÉS DE L'AIR, Goscinny & Uderzo, 1991

Aux Éditions Dupuis

LUCKY LUKE, 22 volumes, Morris & Goscinny, 1957

JERRY SPRING, LA PISTE DU GRAND NORD, Jijé & Goscinny, 1958, 1993

Aux Éditions Lucky Comics

LUCKY LUKE, 19 volumes, Morris & Goscinny, 1968, 2000

Aux Éditions Dargaud

LES DINGODOSSIERS, Goscinny & Gotlib, 3 volumes, 1967

IZNOGOUD, 8 volumes, Goscinny & Tabary, 1969, 1998

VALENTIN LE VAGABOND, Goscinny & Tabary, 1975

Aux Éditions Tabary

IZNOGOUD, 8 volumes, Goscinny & Tabary, 1986 — 11 volumes, Tabary (textes et dessins) sous la double signature Goscinny & Tabary

Aux Éditions du Lombard

MODESTE ET POMPON, 3 volumes, Franquin & Goscinny, 1958, 1996

CHICK BILL, LA BONNE MINE DE DOG BULL, Tibet & Goscinny, 1959, 1981

SPAGHETTI, 11 volumes, Goscinny & Attanasio, 1961, 1999

STRAPONTIN, 6 volumes, Goscinny & Berck, 1962, 1998

LES DIVAGATIONS DE M. SAIT-TOUT, Goscinny & Martial, 1974

Aux Éditions Denoël

LA POTACHOLOGIE, 2 volumes, Goscinny & Cabu, 1963

LES INTERLUDES, Goscinny, 1966

Aux Éditions Vents d'Ouest

LES ARCHIVES GOSCINNY, 4 volumes, 1998

Aux Éditions IMAV

DU PANTHÉON À BUENOS AIRES, chroniques illustrées, Goscinny et collectif, 2007

TOUS LES VISITEURS À TERRE (Denoël 1969), 2010

IZNOGOUD — 25 HISTOIRES DE GOSCINNY ET TABARY DE 1962 À 1978, Goscinny et Tabary, 2012

D'après l'œuvre de Goscinny et Tabary

IZNOGOUD PRÉSIDENT, Nicolas Canteloup, Laurent Vassilian et Nicolas Tabary, 2012

Composition Nord Compo
Impression Pollina
à Luçon, le 10 août 2012
Dépôt légal : août 2012
Numéro d'imprimeur : L61780

ISBN 978-2-07-044799-2.Imprimé en France